さよならの向う側

清水晴木

Haruki Shimizu

Time To Say Goodbye

MICRO MAGAZINE

さよならの向う側

Time To Say Goodbye

清水晴木

目次

Contents

登場人物

Character

谷口健司《たにぐちけんじ》……………さよならの向う側の案内人。

常盤正臣《ときわまさおみ》……………さよならの向う側の新人案内人。

吉沢光《よしざわひかり》……………OL、トレーニングが趣味。

ジェイ……………温厚で忠実。金色の毛が自慢。

中町綾《なかまちあや》……………主婦。元洋食店スタッフ。

谷口葉子《たにぐちようこ》……………谷口の妻。甘いもの好き。

プロローグ

「――谷口《たにぐち》さん」

誰かから呼ばれる声がして、さよならの向う側の案内人、谷口は目を覚ました。

「ここは……」

「……谷口さん、寝ぼけてるんですか？　ここはさよならの向う側に決まってるじゃないですか」

「あぁ、そうですよね。私たちはここの案内人なんですから……」

そう言ってから谷口はゆっくりと伸びをする。乳白色の空間は今日もどこまでも広がっていた。

隣には自分を起こしてくれたもう一人の案内人の常盤《ときわ》がいる。ただ、その眼差しは若干訝《いぶか》しげだ。

「少し気が抜けすぎているんじゃないですか、眠気覚ましにこちらをどうぞ」

常盤が差し出したのはジョージア　マックスコーヒー。とびっきりの甘さが自慢の千葉《ちば》と茨城《いばらき》のご当地コーヒーだ。そして谷口の好物でもある。

「ありがとうございます、常盤さん」

谷口はマックスコーヒーを受け取ると、蓋を開けてからゆっくりと口に流し込む。途端に甘さが口いっぱいに広がった。眠気覚ましのコーヒーのつもりだったけど、どちらかというとその甘さに浸って、また一眠りしてしまいそうにもなった。

「ふぅ、美味《おい》しいですねぇ……」

その様子をじっと見ていた常盤がふっと笑う。あまりにものほほんとした姿に呆《あき》れてしまったみたいだ。

「谷口さんは本当にスローペースですね。いや、谷口さんにとってはそれがマイペースなのかもしれませんが」

「そうですね、ゆっくりするのが好きな性分はいつまでも変わらないみたいです。でも実はここ最近、ふと気が抜けてしまうのにも理由があるんですよ」

「理由？」

不思議そうな顔を見せた常盤に、谷口は答えを明かす。

「なんだか、すっかり安心しきっているのかもしれません。常盤さんがいてくれることに」

今まではずっと谷口一人で、このさよならの向う側にいた。でも今は隣に新たな案内人となった常盤がいる。そのことに谷口は安堵《あんど》していた。また、何よりも常盤が勉強熱心で、立派な案内人になろうとしてくれているのも心強かった。

「そう言ってもらえるのは嬉しいですけど、まだまだ半人前の新人ですから」

「いえいえ、常盤さんの成長には目を見張るものがありますよ」

常盤は既に谷口と共に、何人かの最後の再会の案内をこなしている。その様子を見ても、やっぱり常盤の実直な人柄は案内人に向いていると思った。

「またそう言ってもらえるのも嬉しいですけど、僕は引き続き気を引き締めていきますよ。なんといったって僕は、ここを訪れる人たちの最後をちゃんとハッピーエンドにすることが、案内人としての使命だと思っていますからね」

常盤の言葉に谷口は深く頷く。後任として常盤を選んだのは、改めて正解だったと思う。自分の目に狂いはなかった。これで安心して案内人という役目を引き継ぐことができそうである。

——だがそこで、谷口の頭の中に、ある一つの疑問が浮かんだ。

「使命、ですか……」

そう谷口が首を傾けて言った理由が、常盤には分からなかった。

「どうかしましたか？　僕、何かおかしなことを言ってしまいましたか……？」

不安げな顔を見せる常盤に向かって、谷口は今度は首を大きく横に振って言った。

「いえ、常盤さんは何もおかしなことは言っていません。ただ、一つ気になることがありまして……」

「気になること？」

「ええ。使命という言葉についてです」

「……使命、ですか？」

再び常盤が尋ねると、谷口がゆっくりとした口調で答えた。

「その言葉について、私も昔は色々と考えたことがあったんです。というのも私は現世で郵便局で働いていた時は、『郵便局員は手紙を届けることが使命』だと思っていました。そういうつもりで人々の想いがこもった手紙をちゃんと届けようと仕事に取り組んでいたんです。そしてこの案内人を続けている今は、常盤さんの言った通り、このさよならの向う側を訪れる人たちの最後をハッピーエンドにすることが使命だと思いました。まさにその通りだと心から思えたんです」

そこで一息ついてから谷口は言葉を続ける。

「でもそういう使命とは、こういう仕事のような役割のものだけに与えられるものでしょうか？　もっと普段を生きる日々の生活の中にも、私たち人それぞれの使命があるのではないかと思ったんです。それこそみんなに共通する答えのようなものが……」

「人それぞれの使命……」

常盤も思ってもみなかった言葉だった。

やや時間がかかった後に、言葉を続ける。

「それは、とても難しい問題ですね……。それにみんなに共通するような答えなんて……」

「ええ、本当に難しいことだと思います。気になってしまったことを後悔するくらいに」

そう言って谷口は笑った。

でも、その後にほんの少しだけ真面目な顔つきになって言葉を続ける。

「自分にこの場所での終わりが近づいているからこそ、こんなことを考えてしまうのかもしれませんね」

「終わり……」

今度は谷口にも聞こえないくらいの声で常盤が呟《つぶや》く。

そして谷口は乳白色の空間を見つめて言葉を続けた。

「この案内人としての役目を常盤さんにすべて任せてバトンタッチする時には、その答えが出ているといいですけどね」

谷口が、マックスコーヒーをまた口に運ぶ。

常盤も同じように、マックスコーヒーをゆっくりと傾けた。

マックスコーヒーの甘い香りと、ほんの少しの別れの匂いが、乳白色の空間の中で混ざり合う――。

第一話　Fight Song

「何、ここ……」

吉沢光《よしざわひかり》は、目を覚ますなりそう言った。あたりは何もない乳白色の空間が広がっている。

おおよそ現実とは思えない光景だった。

「ここはさよならの向う側です」

目の前に立っていた白髪《はくはつ》の男が言った。

「さよならの向う側……？」

光にはその言葉の意味がよく分からない。その次に喋《しゃべ》り出したのは、隣に立っている黒髪の男だった。

「そして私たちはこのさよならの向う側の案内人です」

「案内人……？」

ますます訳が分からない。言葉がまるで別の言語に感じた。うまく情報として耳に入ってこないのだ。でも代わりにはっきりとしていたのは視覚からの情報だった。

黒髪の男は、白髪の男よりも年下に見えた。一回りは離れていないくらいだろう。そして白髪の男は顔だけを見れば自分と同い年くらいに見える。

ただ、得られた情報はそれだけだった。まだ目の前で何が起こっているのかは分からない。

「さよならの向う側とか案内人とかよく分からないけど、そういう変なのに付き合ってる暇はないから帰らせてもらっていい？　さっきまでだって私……」

そこまで言いかけてから、光はあることに気づいた。

「あっ……」

さっきまで光はキャンプに行く途中で、千葉の峠道を車で走っていた。

その時に突然野生動物のキョンが目の前に現れて、それを避けようとして……。

「えっ、もしかして……」

独り言のように小さく言ってから、光は目の前の二人を見つめた。

「私さ……」

そのまま思いきって尋ねる。

「死んだ？」

案内人が二人揃ってこくりと頷く。

「――まずは落ち着く為にもこちらをどうぞ」

谷口と名乗った白髪の案内人が差し出したのは、一本のマックスコーヒーだった。

「私普段はこういう甘いもの飲まないんだけどな」

と言いながらも光は缶を受け取る。筋力トレーニングが趣味の一つだったので甘いものは避けていたが、死んだ今となってはそんなの気にしても無駄だと思ったからだ。

「……いただきます」

光がそう言うと、常盤と名乗った若い黒髪の案内人と谷口が同じタイミングで「いただきます」と言って続いた。

そして結局三人でマックスコーヒーを飲む羽目になる。

なんだこの状況……。シュールすぎる。光は困惑を隠せない。そしてもう一つ困ったのはこのコーヒーの甘さだ。久々のマックスコーヒーは昔飲んだ味と変わらぬままの甘さだった。でもこの甘さがいつの間にか癖になるのを知っている。時折どうしても飲みたくなるから困ったものだったのだ。

「どうですか、少しは落ち着きましたか？」

「いえ、ちっとも」

決して気分が落ち着いた訳ではないので、一切遠慮することなく光はそう言った。そもそもこんな意味不明すぎる状況で一息つけるはずがない。流石《さすが》のマックスコーヒーにもそんな作用はなかった。

「そうですか……」

それでも谷口は効果があると信じていたみたいだ。分かりやすくがっくりと肩を落としている。

ただ、今はそんなことにもかまっていられなかった。

「……とにかく、私の気持ちを落ち着かせたいのならさっさとすべての説明をして。死んだなら死んだでなんで私はこんなところにいるの？　さよならの向う側って何？　案内人って？　一体私はこれからどうなるの？」

光が捲《まく》し立てるようにそう言うと、今度は谷口ではなく、隣の常盤が落ち着いた口調で話を始めた。

「さよならの向う側とは、僕たちが今いるこの場所の名前です。亡くなった後に多くの人が訪れることになっています。そして僕たちはここを訪れた人たちの最後の再会を案内する為に、ここにいます」

「最後の再会？」

また聞き慣れないワードが飛び出してきて、光は言葉を繰り返す。

「はい。最後の再会とは、亡くなった人が丸一日、二十四時間分だけ現世に戻って会いたい人に会える時間が与えられる、というものです」

「現世に戻って会いたい人に会える……」

そう呟いてから、光は首を捻った。

「そんなのアリ？　死んだ人がまた現れたら大騒ぎでしょ、そんなの私聞いたことないんだけど。ちょっとファンタジー色が強すぎない？」

光がややふざけた調子でそう言うと、谷口が表情を崩さずに答えた。

「それを言ったら今この状況の方がファンタジー色がとても強いと思いませんか？」

「……」

光は何も言葉を返せなくなる。まさにその通りだった。現実ではありえない乳白色の空間。そこに案内人と名乗った二人の男がいる。そして自分自身は確かに事故で命を失ったはずだ。それなのに今は、こんな辺鄙《へんぴ》な場所で何事もなかったかのように会話をしている。まさにこの状況こそが到底信じることのできないファンタジーの世界だったのだ。

「……まあ、話の続きを聞こうか」

光は無理矢理自分を納得させて話を進める。というか、今はそうするしかなかったのだ。

「ありがとうございます。では先程の、亡くなった人がまた現れたら大騒ぎになるのではないか、ということについてですが……、そこには実はある制約が関係しているんです」

「ある制約？」

谷口は、人差し指を一本立てて言った。

「現世に戻って会えるのは、まだあなたが亡くなったことを知らない人だけなんです」

「はぁ？　何それ。そんなの意味ある？」

光の中から純粋に出てきた言葉だった。だって意味が分からない。自分が亡くなったことを知らない人なんて、普段関わりのないような縁遠い関係性の相手だけだ。そんな人たちに亡くなってから会いに行こうなんてそもそも思わない。

でも、その話にはまだ続きがあるようだった。

「もちろん今の言葉だけでは納得がいかないと思いますので、少し説明をさせてもらってもいいでしょうか？　ただの意地悪なルールという訳ではないのを知っておいて欲しいのです」

「どうぞご自由に」

光としても純粋に理由が気になっていた。そして内容の説明については、隣の常盤がしてくれる。

「現在、光さんの体は現世に実体をもっていないとしても朧《おぼろ》げな存在で、今は他者からの記憶や認識によってぎりぎりその姿が保たれています。だからこそ、もしも既に光さんの死を知っている他者が、今の光さんと出会ってしまった場合、『光さんが現世に存在するはずがない！』と、強い認識のズレを生み出します。そしてそのズレから生まれた記憶や認識の矛盾によって、亡くなった人たちは現世ではその姿を保つことができなくなってしまうんです」

その後に説明を続けたのは谷口だった。

「人という存在は、他者からの認識によって成り立っているところもあるんです。どこかで聞いたことはありませんか。人は二度死ぬ。実際に命を落とした時、そして誰かに忘れられた時……、と。ですので、その人の死を知っている誰かに会うと、一日なんて時間も経たずに強制的に現世から消えることになってしまうんです」

「へぇ……」

光はその言葉については知らなかったけど、何も言い返さなかったのはその論に筋が通っていると思ったからだ。そういうことなら色々と納得ができる。今までに同じようなケースのことがあったとしても大きな騒ぎにならなかったのは、この制約が理由だったのだ。それに、自分の死すら知らない人のもとなら、死んだはずの自分が現れたところで情報が広まる可能性はかなり低い。広まったとしても幽霊か何かの噂話のようになって、一笑にふされて終わるだろう。

それなりに納得のいく説明を受けて光はますますこの世界のことを信用する気になっていた。マックスコーヒーを飲んだ時よりも随分気持ちは落ち着いている。色んなことに納得できたのだ。

ただそれから、常盤が申し訳なさそうな顔になって、ある情報を付け加える。

「しかし、光さんが亡くなってから既に一週間が経過しています。なので会える人はかなり限られてしまうはずなんです……」

確かにその言葉通り受け取れば、状況は厳しいものだろう。会える人なんてほとんどいないはずだ。

でも、当の光はあっけらかんとした顔をしていた。その言葉を聞いても、表情は何も変わらなかったのだ。

なぜなら光には、ある理由があったから――。

「まあ、私には別にそんなことは関係なさそうかな」

光は淡々と言葉を続ける。

「意外なもんだよね、会いたい人も思い浮かばなければ、死んでも別に悲しくもなくて涙の一つも出てこないんだからね」

◆

光は小さい頃から両親に男の子のように育てられてきた。男の子が生まれてくるのを両親が願っていたからだ。光という男にも女にも使えるような名前をつけられたのは、そういう願いも込められている。

幼い頃からの習い事は空手だった。女の子であっても両親は光が強くあることを望んだのだ。ただ、そこで光が一切挫けることがなかったのは、体格的に恵まれていたのもあったかもしれない。比較的背が高く、組手では同学年の男子にも負けることはほとんどなかった。

そんな経験を階段を駆け上がるように積み重ねながら日々を過ごしたことで、光はますます活発な子に育っていく。そして分け隔てなく男子と過ごす性格もあって、とにかく小学校時代はモテた。しかしそのせいで女子からはかなり疎まれることになってしまう。

その時、光が抱いた感情は、「うわぁ、めんどくさっ」だった。元から自分自身、男子と一緒に過ごすのが好きだった訳ではない。ただ、男とか女とか区別なく接する中で、男子と一緒にいるのがたまたま楽だっただけだ。それなのにいつの間にか、女子からは仲間はずれにされてしまったのである。

それから光は立ち回りを変えた。といっても、女子と積極的に交流を図る訳ではなく、ただ単に男子との接触を減らしたのだ。つまり全体的な人付き合いを減らした。そうしてみると案外うまくいったし、自分としても楽なことに気づいた。一人でいるのは何も苦ではなかったのだ。

結局光は、大学を出て会社勤めをするようになってからもその生活を続けた。他人と気の置けない会話をするのは、ＳＮＳくらいだった。それくらいの距離感が光にとってはちょうどよかったのだ。そんな毎日を一人で過ごす生活に慣れきっていたからこそ、濃い人間関係を今まで築くことはなかった。そのせいで、今ここで自分が亡くなった後に最後に会いたい相手と言われても、誰も思い浮かばなかったのである。あまりにも皮肉なことに――。

「そうですか……。まあ、会いたい人が思い浮かばないというのも、そんなに珍しいケースではありませんが……」

谷口がやや困ったような口調で言ったのは、そこでまだ話が終わりではなかったからだ。

「……それでも、まだそんなに若くして亡くなって、悲しくもなんともないというのは珍しいかもしれません」

「そう？　若いって言ってももう二十九歳だよ。それに親も高齢だったから両方とも既に亡くなっているうえに、私は結婚してなくて子どももいないからなあ。そういう血縁関係のある人とか、普段から一緒にいる人がいれば、死んだ時にもっと悲しいとかあったかもしれないけどね」

そこで光が「あっ」と思い出したように言った。

「どうしましたか？」

「そんなに悲しくないように見える理由が、もう一つあった」

「なんですか？」

「私、全然泣いたりもしていないでしょ？」

「それは、確かに……」

「ってか私、生まれた時から悲しいことがあっても全然泣いたことないんだよね」

「……本当ですか？」

「本当よ。そりゃまあ、赤ん坊の頃は人並みに泣いてただろうけど、物心ついてから泣いたことはないね。涙を見せないのが家訓の一つでもあったから」

「それどんな家訓なんですか」

「涙は女の秘密兵器。生涯秘密のままにすべし」

「……マジですか？」

「いや、今適当に作った」

そこであははっと光が笑った。谷口と常盤は面食らった顔をしている。そのあっけらかんとした態度に驚きを隠せなかったのだ。

「強い人ですね……」

谷口がぽつりと呟くと、光が指を差して言った。

「あっそれ、綺麗とか恰好いいよりも一番好きな褒め言葉！　ありがとう」

でもそこで光は、何かを考え込むような顔をして言った。

「……けど、まだ本当の強さってなんなのかは分からないままだったなあ。それが分かる前に死んじゃったのは少し悲しいかもなあ」

「本当の強さ、ですか」

「うん、強いってどういうことを言うのかなあって。空手をやっていた時にもずっと思ってたんだ。私は私なりに強い人になりたいと思ってこれまで生きてきたけど……」

「なるほど、強さとは……」

谷口と光の会話が盛り上がってきたところで、常盤が慌てて会話に割って入る。

「……いや、今は光さんが最後に会いたい相手のことを考えませんか？」

「……確かにその通りです」

若干反省した様子で谷口が答える。そして光もひとまずその話題に戻った。

「最後に会いたい人かあ。それでいて私の死を知らない人……。でもそう言われても本当に思いつかないんだよなあ……」

光が考え込むような顔を見せる。でもすぐにパッと表情を変えた。

あるアイディアが思い浮かんだようだった。

「ネッ友もあり？」

「ねっとも……？」

とてつもなく困惑した顔で訊《き》き返したのは谷口だった。言葉の意味が分かっていないようである。

「……谷口さん、ネッ友とはインターネット上の友達ということです。ＳＮＳなどの」

助け舟を出したのは隣の常盤だ。

「えす、えぬ、えす……」

でもその舟に谷口は乗れなかった。

「ＳＮＳとは、色んな人たちがさまざまな交流をインターネット上で気軽に持てるサービスのことです。……谷口さん、インターネットは分かりますよね？」

「……ええ、まあ、それは朧げに」

今度面食らっていたのは光の方だった。自分とほぼ同年代くらいのはずなのに、谷口はSNSも知らなければインターネットすらもよく分かっていないようである。

「……こＷｉ－Ｆｉ飛んでなさそうね」

「わ、わいふぁい……？」

「光さん！　もう新たな情報を出すのはやめてください」

パンク寸前の谷口の様子を見て声を上げたのは常盤だ。そして次からは率先して話を聞き始める。

「それでは光さん、会いたいインターネット上の友達はどなたですか？」

「結構Twitterで交流ある人は多いんだけどさ、一番リプライくれて仲良くしてたのはユキちゃんかなあ。今までも会ったことはないけど、私に憧れてるって言ってくれたこともあるし」

隣で「ついった……、りぷらい……」と呟いている谷口がいるが、常盤は聞こえない振りをして話を続ける。

「分かりました、確かにTwitter上の友達なら、こちらから誰かがツイートしない限り、光さんが亡くなっていることは知られるはずがないので、問題なく会うことができそうですね」

　そしてこほんっと咳払いをしてから常盤が説明を始める。

「それでは今一度現世に戻る前に、細かい条件について重複する部分はありますが、説明をさせてもらいます。最後の再会に残された時間は一日、二十四時間です。そして会えるのはまだ自分の死を知らない人だけ。何人に会ってもかまいませんが、亡くなったことを知っている人に会ってしまえば、その時点で強制的に現世からは姿が消えてなくなり、このさよならの向う側に戻ってくることになります。大きなルールはそれくらいです。他に何かご質問はありませんか？」

「ないわ、ご丁寧に説明ありがとう」

　光の言葉を受けて常盤が頷く。そしてそのタイミングで気を取り直した谷口が、前に進み出て言った。

「……いやあ、時代は刻々と移ろいゆくものなんですね。のんびり者の私は取り残されてしまいそうです。……さてそれでは今一度、そんな現世へと、戻ることにしましょう」

　そう言って谷口がパチンッと小気味よく指を鳴らすと、乳白色の何もない空間の中に一つの扉が生まれた。

　木製の古びた扉だ。光にとってその扉は初めてのはずだが、どこか懐かしく感じた。なんだか温度を感じるような、そんな温かみのあるものだったのだ。自然と触れたくなって、気づけばその扉の前に立っていた。

「そちらの扉をくぐれば現世へと戻ることができます。お気をつけて行ってらっしゃいませ」

谷口の言葉を受けてから、光は扉に手をかける。

「よしっ、行ってきます」

そして、躊躇《ちゅうちょ》することなくその一歩を強く踏み出した――。

○

「マジかぁ……」

船橋《ふなばし》駅前のベンチで目を覚ました時、通りを歩く人たちの姿を見て純粋に出てきた言葉だった。

あまりにも不思議な感覚だった。万が一の可能性で、さっきまでの光景は夢だとも思っていた。でもそれなら最後に記憶のある千葉の峠道か、運ばれた病院とかで目覚めるものだ。けど今こうして前後の繋がりが何もない船橋の駅前にいる。あり得ないことだ。

それだけで私は今までのことを信じることができた。というか、今はもう信じるしかなかったのだ……。

「私も本当に死んでるってことか……」

そして同時に自覚してしまった。それでもやっぱり涙が溢れてくるような悲しみがある訳ではない。ただ答え合わせを済ませて実感しただけだ。

私は死んだ。そしてあの谷口さんと常盤さんという二人の案内人さんの導きによって現世に戻ってきたのである。二十四時間という制限付きで——。

「……オッケー」

何か感傷に浸っている暇はなかった。そういう性分でもないのだ。それに二十四時間なんてうかうかしていたらあっという間に過ぎてしまう。こうしている間にも時間は刻々と過ぎているのだ。

私はさよならの向う側でも話した通り、ユキちゃんに会いたいと思っていた。その為にはインターネットを使える環境に行く必要がある。

まず向かったのは図書館。ここには無料でパソコンを使ってインターネットを利用できるコーナーがある。自分のユーザー名とパスワードを打ち込んでTwitterにログインした。当たり前だけど一週間ぶりのログインだ。ただ、ツイートにはその間に隙間が空いている訳ではなく、一週間前の日付が表示されているだけだった。こうやって眺めているだけでは私が死んだことなんて、やっぱり誰にも分かるはずがなかった。

「ユキちゃんへ……と」

あまりにも急なうえに平日の昼間というのもあってダメ元ではあるけど、オフ会をしませんか、という旨を簡潔に記してDMを送った。もしもユキちゃんがダメなら他のフォロワーに連絡を取るつもりだ。

「あっ」

でも返事はすぐに来た。そしてオフ会の件もすぐに承諾してくれた。前からTwitter上で親しくしていたのはあるけど、ユキちゃん自身も一度会って話したいと思ってくれていたようだ。それとラッキーだったのは、住んでいるところもすぐ近くだったことである。同じ千葉県民というのは知っていたけど、総武《そうぶ》線でわずか数駅の場所に住んでいるのは知らなかった。

待ち合わせ場所は津田沼《つだぬま》駅に決まった。場所は改札を出てすぐ左に曲がって、時計が傍にあるのが一番の目印の円形のベンチのところだ。

「……」

——そしてその場所に私が先にたどり着く。ここへ来て改めて若干の緊張をしていた。なんだかんだ言って、インターネット上の友達と会うのは初めての経験だったのだ。

ユキちゃんと初めて話をしたのは、たまたま同じタイミングで観ていたテレビ番組がきっかけだった。その時出てきたアーティストのことを呟いているのを見て、私からリプライを飛ばしたのだ。メジャーなアーティストという訳ではない。でもだからこそ、狭いコミュニティーで繋がったことで私たちは仲を深めた。

それからは何気ないことでも話をした。私が時折自分自身の筋力トレーニングの画像をアップすると、それを見て、憧れていますと言ってくれたのもユキちゃんだった。そんなことでやる気が出るのだから私も単純なものだ。でもそんなネット上のやりとりをしてきただけで、今まで実際に会ったことはない。その距離感がちょうどよかったとも言える。私は相手の事情をほとんど知らないし、相手も私の事情をほとんど知らない。お互いのプライベートなことは詮索しないのだ。だからこそ変に気を遣わずにこの関係を保ち続けられた。会ってしまったらその微妙なバランスが崩れてしまうと思っていた。

今こうしてぐいぐいと進めて会うことにまで漕ぎつけたのは、もう自分が死んでしまっているからだろうか。やぶれかぶれになっているところもあるのかもしれない。

原動力がなんなのかははっきりしないけれど、とりあえず今この対面を楽しみにしているのは確かだった。

――そして、その時だった。

「……コウさんですか？」

私のユーザー名を呼ばれた。この状況でその名前を呼ばれたということは、目の前にいるのはユキちゃんに違いなかった。

「ユキちゃん……？」

私が戸惑いながら尋ねたのも、ユキちゃんの見た目が想像と大分違っていたからだ。まず、年齢が私とは結構離れている。高校生くらいだろうか。そして長めの黒髪が人目を引《ひ》くらいに際立っていた。

「ユキ、でいいです……」

ユキちゃんがそう言った。どこか自信なげな喋り方だ。まだ緊張しているのだろう。それにユキちゃんも私が想像と違っていたのもあるかもしれない。若干の気まずい空気が流れている。こういう時は年上の私がリードをしなければ……。

「わ、分かった。ユキね。そしたら私のことはコウでもヒカリでもどっちでもいいから」

「コウ、ヒカリ……」

「元の漢字が光だからさ。ごちゃ混ぜにして『コシヒカリ』でもいいよ、それとも私に『ひとめぼれ』ってことでそう呼んどく？」

「……光《ひかり》さんにします」

……ほぼほぼノーリアクション。お米ネタは失敗に終わったみたいだ。無理に笑わせようとして失敗した。初めての状況に私も軽くパニックになっている。でもまだ相手の気になるところはたくさんあった。……一応、年齢のことも訊いておきたい。

「えっと、そしたらユキは今ちなみに何歳？」

何にちなんだのかは自分でも分からないけれど、ユキが少し間をあけた後に答えてくれた。

「……十八歳です」

「そっか、十八歳かあ。私は二十九歳だから一回り上にあと一歳だけ足りなかったね、惜しい」

年齢の自虐的なネタまで披露したが、この状況が好転することはなかった。ユキは困ったような顔をしている。それにまだあまり目を合わせてくれていない。シャイな性格みたいだから、もう少し時間をかけてゆっくり歩み寄った方が良さそうだった。

「……さて、どうしようかな。ユキはどこか行きたいところあったりする？」

ジャブ程度の気持ちで質問をした。きっと、特にありませんとか喫茶店とか、控えめな答えが返ってくるものと思っていた。私としても自分自身に考える時間が欲しくて、会話の間を繋ぐために質問したのだ。

「……遊園地とか」

でも、ユキの口からは意外な言葉が返ってきた。

「遊園地？」

「……ジェットコースターとか乗ってみたいです」

思ってもみなかった提案である。

「ジェットコースター好きなの？」

「……好きじゃないです、怖いです」

意外というか、訳の分からない答えだった。

「好きじゃないのに乗るの？」

ユキがこくりと頷く。

「他にやりたいことは？」

「……バンジージャンプとか」

「バンジージャンプ、好きなの？」

答えは若干の想像がついている。

「……好きじゃないです、怖いです」

やっぱり。

でも、訳は分からない。

「けどやりたいんだ？」

またユキがこくりと頷く。

とりあえず二つの行き先の候補ができた。怖いのにやりたい理由は分からないけれど、他に案もない私としてはありがたい提案だった。

「実はね、私はジェットコースターもバンジージャンプも好きだし怖くないんだ」

私が胸を張ってそう言うと、ユキが羨望の眼差しで見つめてきた。

「凄いです、光さん……」

私に憧れているとリプライを送ってくれた時も、そんな表情をしていたのかなと思ってしまう。ようやく緊張も少しずつ取れてきた気がした。

「じゃあ行こう」

私がそう言うと、「はい」と今までで一番大きな声を出して言ってくれた。

それでも普段の私の喋り声よりも小さかったけれど。

○

カタンッ、カタンッ――。

機械的な音を立てて、車両が急な坂を登っていく。まるで時限爆弾か何かのスイッチが作動したかのような緊張感があたりを包み込んでいた。

ジェットコースターのある遊園地ということで来たのは、水道橋《すいどうばし》の東京ドームシティアトラクションズだった。ここにも総武線一本で来られるからちょうど良かったのだ。そして名物であるジェットコースターのサンダードルフィンに今、乗っている最中である。

「……」

「だ、大丈夫？」

顔面蒼白なユキに声をかけるが返事はない。もう私のことを気にする余裕もないみたいだ。

「……ユキが乗りたいって言ったから来たんだからね」

言い訳じゃないけど、コースターが下りだす前にそう言った。そんなことを言っても今からキャンセルはできないけれど……。

カタンッ、カタンッ……。

コースターは頂上へと近づいている。思えば私自身、ジェットコースターに乗るなんて小学生ぶりだ。そんなことを思い出すくらいに頭の中は冷静だった。

というのも、こういう絶叫モノは非日常のスリルを楽しむためにもあるのだろうが、そもそも私は今、ジェットコースターに乗らずとも非日常を味わっているからだ。

だって私は既に死んでいるのだ。それと比べたらジェットコースターのスリルなんて大したことはない。今の私が恐怖を覚えることなんて何もなかったのだ。

「あっ」

――隣のユキから声が漏れた。

ちょうどコースターが頂点に差し掛かった時のことだった。

その後からはもうすべての物事がとてつもないスピードで過ぎていった。始まってからは早かった。あっという間にレールの上をコースターが走っていく。加速する度に乗客の悲鳴が重なる。ユキは悲鳴を出すこともできずに、ただ安全バーをじっと握りしめていた。この辛い瞬間が終わるまで耐えるかのように。

なぜユキがジェットコースターに乗りたいと言い出したのかは、未だに分からない。このスリルを楽しんでいる訳でもないようだった。初めての体験をしたかっただけだろうか。その答えは分からないまま、あっという間にジェットコースターの時間は終わってしまった――。

「……ジェットコースター楽しめた?」

降りてからふらついた足取りのままのユキに尋ねると、小さく首を横に振った。

「……楽しむのは難しかったです」

「……でも乗りたかったんだよね?」

「はい」

「じゃあ乗って良かった?」

「乗って良かったです」

その言葉が聞けて良かった。後悔はしていないようだ。乗っている間は怖かったかもしれないけれど、ユキにとって良い経験にはなったのだろう。ただ、そんな経験を積もうとしている理由は未だに分からないままだった。

「ユキは遊園地に来たのはいつぶりなの?」

その理由が知りたくて、少し探りを入れるつもりで尋ねてみた。

「小学三年生とか、それくらいだと思います」

「その時はなんで来たの?」

「学校の遠足です」

ここまでは何も変わりがない。けれど次の私の質問で表情が少し変わった。

「学校の行事以外で来たことはないの?」

「ない、ですね……」

「そっか」

でも、私もそう言ってから、自分自身家族や友達と一緒に遊園地に行ったことなんてなかったのを思い出した。

「私も誰かと遊びで遊園地なんて来たことないよ」

ここではちゃんとそのことも言っておいた方がいいと思ったのと、後もう一つ言ってあげたかったことがあった。

「友達と来るのは、今日ユキと来たのが初めてだよ」

私がそう言うと、今までで一番くらいにユキがぱあっと明るい顔を見せた。

「……お互いに友達と来るのは初めて、ということですね」

「そうなるね」

その言葉を確かめ合うと、ユキが小さく笑った。嬉しそうにしてくれたのを見て、私も嬉しくなる。その笑顔を見られただけで、この遊園地に来た甲斐もあるというものだ。

「よしっ、じゃあ次はバンジージャンプに行こうか」

間髪を容《い》れず、そう言ったのは、そんな表情をもっと見たいと純粋に思ったからだった。

○

「スリー……ツー……ワン……、バンジー！」

電車で引き返して、千葉のマザー牧場にまでやってきていた。バンジージャンプは私にとっても初めての経験だった。けど、これもジェットコースターと一緒で、恐怖感のようなものはほとんどなかった。跳んだ時も、気持ちよさというか、快感を覚えたくらいだ。ジャンパーと呼ばれるバンジージャンプを好んでする人たちの気持ちが少し分かった気もする。

でも私と違って、ユキはジェットコースターの時と同じようにとても怖がっていた。ジャンプをする為の最後の一歩がなかなか踏み出せず、スタッフの人が何度カウントダウンをしても跳ぶことができなかったのだ。ただ、ジェットコースターと違うのは、バンジージャンプは自分から跳ばないと始まらないということだ。

しかし、それでもユキは最後には跳んだ。決心がついたのは自分自身の勇気を奮い立たせた訳ではなく、どうやらバンジージャンプの順番待ちをしている人たちの姿が目に入ったからのようだった。自分がこれ以上待たせてはいけないという焦りがユキを跳ばせたのだ。

最終的には自分のためではなく他人のためにユキが跳んだことに気づいたのは、私だけだっただろう。だからこそ地上に降り立ってからは、「よくあの恐怖を乗り越えたね、凄いじゃん」と頭を撫でて褒めてあげた。ユキは嬉しそうに笑って、でもそれからやっぱり恥ずかしそうにして笑顔を引っ込めた。

それからマザー牧場を後にする頃にはすっかり日が暮れていた。電車移動にだいぶ時間をとられたのはあったけど、解散をするのには、ちょうど良い頃合いともいえた。

「ジェットコースターとバンジージャンプはどっちの方が楽しかった？」

私から今日のイベントを総括する意味も込めて尋ねる。今はちょうどバスに乗ってマザー牧場を出発したところだった。

「……どちらも純粋に楽しめた訳ではないですけど、バンジージャンプみたいに跳ぶ方が怖くなくなったかもしれません」

「怖くなくなったなんて偉いじゃん。確かに自分の力で跳んだんだもんね。それだけで凄いことだよ」

私がまた褒めると、ユキは首を小さく横に振って言った。

「光さんの方が凄いです。ジェットコースターもバンジージャンプも全然怖くなさそうでしたし……。何かコツとかあるんですか？」

「コツ？　そんなのあまり意識したことはないけどなあ」

そう言いながらも、頭をひねって言葉を絞り出す。

「なんだろう、慣れもあるかな」

「慣れ、ですか？」

「うん。小さい頃から空手で組手とかやってたから、それで怖さにも慣れたのかもしれない。後は、前に体験したことと比べると、これも大したことないかなあって」

それに既に死んでいるから今更バンジージャンプのような臨死体験に近いようなことなんて怖くもなんともないというのも理由ではあったけど、流石に言えなかった。

「そういうものなんですね。空手かあ……」

「ユキはそういう習い事とかやったことないの？」

「あんまりないですね。……というか何もないです」

「そっかあ……」

ジェットコースターに乗った後に、遊園地に来た経験が学校の行事でしかないことを聞いてしまった時と同じような空気になった。

それ以上訊くと何か暗い話題になる気がした。だからここはあえて明るい声を出して、今日の話だけを取り上げることにする。

「いやーそれにしても今日は充実した一日だったね！　流石にこれでもうユキのやりたいことは達成できたかな？」

充実した一日と言ったのは誇張していない。本当にそう思っていた。ユキのやりたいことにそのまま乗っかっていった訳だけれど、なんだかんだ言って楽しんでいる自分がいたのだ。

ただ、ユキも同じように満足してくれていると思ったけど、気持ちよく首を縦に振ってはくれない様子を見ると、まだ物足りなさがあったみたいだ。

「……まだ何かやりたいことがあるの？」

私が尋ねると、ユキがゆっくりとした口調で答えてくれた。

「……真っ暗な所に行きたいです」

「真っ暗な所？」

また思ってもみなかった発言だった。

「山の中とか、そういう所？」

私が尋ねるとユキがこくりと頷く。それを聞いて、あることに思い至った。

「……もしかしてキャンプしたかったりする？」

少し迷ったような間があってから、ユキが小さく頷く。本意なのかは分からないけれど、興味はあるみたいだ。

「私、ＳＮＳにキャンプの写真とかあげてたもんね。それで行きたくなった感じかあ」

ユキがまたさっきと同じように少し間をあけてから小さく頷く。

「そうか、キャンプかあ……」

これまた悪くない提案だと思った。千葉南部のあたりにはそういう施設がたくさんあるし、現に私はキャンプ場につく寸前のところで先週死んでしまったのだ。キャンプができるなら、私としても最後のイベントを楽しめることになる。元々ソロキャンプの予定ではあったけれど、今はそんなことはどうでもよかった。

「……ってか、それだと泊まりになるけど大丈夫？　親御さんとか心配しない？」

「心配しないと思います。一応連絡はしますけど」

……それはそれで逆に心配だ。さっきのも含めて時折見えるユキに付きまとう影のようなものがどうしても気になってしまう。今そこに踏み込んで訊くことはできないけれど。

「……どうしようかなあ」

一応、十八歳とは自己紹介の時に言っていたから、年齢的な部分は大丈夫だろう。それで親御さんは心配しないとも言っているんだと思う。それでも初めて会った相手ではある……。それに私としてもそんな会ったばかりの相手と一晩を一緒に過ごすこととなると……。

でもそこでユキが念押しをするように言った。

「学校の方も大丈夫なので」

「学校の方も大丈夫なのかあ……」

もう何が大丈夫じゃないのか分からない。その言葉にそんなに強い効力はないはずだけれど、ユキがキャンプに行きたいと思っていることは強く伝わってきた。

そして私も別に他に予定がある訳でもない。元から会いたい相手も誰一人思い浮かばなかったのだ。それならやっぱり断る理由は見当たらなかった。

「……そしたら行ってみようか」

私がそう言うと、ユキが大きく頷いた。言葉数こそ少ないけれど、ちゃんと強い意志をもって行動している。

正直、そんなユキの色んなことが気になって、承諾をした部分もあった。山の中で焚き火を囲みながら、ユキが抱えている事情をほんの少しでも聞いてあげたいと思ったのだ。

「変わったなあ……」

自分としても不思議な感覚だった。今まで人と距離を置き続けてきたはずなのに、こうして死んだ後になって、初めて会った相手の心に歩み寄ろうとしているのだ。

ただ、それがインターネットのような遠く離れた場所にいた相手だからこそ、今になってそう思えているのかもしれない。

本当に、人間何が起こるか分からないものだ。

死んだ後になって、こんな不思議な出来事が待っているなんて思いもしなかった。

○

キャンプをしている時間の中で一番好きなのは、焚き火を見つめている時だ。焚き火をする為にキャンプをしていると言っても過言ではない。せっかくのキャンプなら、その醍醐味《だいごみ》をユキにもたっぷり味わって欲しかった。

「なんか、いいですね」

だから、私がおこした焚き火の火を見つめてユキがそう言ってくれたのは、とても嬉しかった。

「いいでしょ。そう、なんかいいのよ」

何度も焚き火をしている私にも、その良さをうまく説明することはできない。そんなに言葉にしなくても良いものだと思っていた。この都会の中では味わえない自然の良さを焚き火と共に今は感じて欲しかった。それに、話をすることは他にも山ほどあったのだ。

「……なんだか不思議だなあ、実際にユキと会ってこうやって一緒に焚き火までしてるなんて。最初にTwitterでやりとりしたのってどんなことだったっけ」

私が思い出話から始めると、ユキがすぐに答えてくれた。

「テレビの音楽番組ですよ。その中に出てきたアーティストの歌が凄くて、お互いに同じタイミングで呟いていて、光さんがリプライをくれて……」

「ああ、そうだったね」

そして、そのアーティストの名前も今になって思い出していた。

「ペイパーバックだ」

「そう、『サヨナラの向う側』という曲でしたよね」

曲名まで言われて、その光景を鮮明に思い出した。確かにそうだった。思えば私は、Twitterは使っていても、自分からリプライをすることなんてほとんどなかった。話しかけられたら返すけど、自分から話しかけることはあまりしなかったのだ。

でも、あの時は確かに私からユキに話しかけた。ペイパーバックの『サヨナラの向う側』を聴いた時に湧きあがった特別な感情を誰かと共有したかったのだ。もしかしたらあのペイパーバックの二人がいなければ、今、私はこうやってユキと一緒にいなかったかもしれない。

この縁は、あの歌が繋いでくれたものに違いなかった。

「……やっぱりこの世界は不思議なことだらけだよね」

そう言いたくなったのは、二人の案内人さんのことを思い出したからだ。二人は、あの死後の世界の空間のことを『さよならの向う側』と呼んでいた。なんでそんな共通点があるのだろうか。元はといえば山口百恵《やまぐちももえ》の歌で『さよならの向う側』という曲があるから、それが最初には違いないだろうけれど。

「そんなに不思議なことだらけですかね？」

「うん、そうだよ。大人になったらユキも分かるよ」

案内人さんたちのことを話せる訳もないからごまかしてそう言った。そして私はそれよりも不思議に思っていたことをユキに尋ねる。

「……ユキはさ、なんで真っ暗な所に行きたかったの？」

キャンプをしたいのが、一番の理由ではないのは分かっていた。それにジェットコースターとバンジージャンプのことも気になっていた。あんなに怖がっていたし、楽しめてもいなかったのに、なぜしたいと思ったのかが未だに分からなかった。

今ここでその答えをユキが明かしてくれるかは分からない。

でもユキは何かを打ち明けるように、私の質問に答えてくれた。

「……幽霊がいるかと思って」

それはまた思ってもみなかった発言だった。

「幽霊？」

ユキがこくりと頷く。

「……もしかして、それもまた怖いから？」

もう一度ユキがこくりと頷いた。

ここに来るまでの提案のパターンには共通点があった。ジェットコースターもバンジージャンプも、全部ユキの怖いものだったのだ。

「なんでユキは怖い所に行きたかったの？」

この質問をするタイミングは今日これまでにも沢山あったけど初めてした。今なら尋ねてもいいんじゃないかと思ったのだ。

「……怖くないって思いたかったからかもしれません」

「怖くないって思いたかった……、それはつまり怖いものを克服するとか、乗り越えるみたいなこと？」

ユキがこくりと頷く。

思っていたよりもポジティブな理由が出てきたことに安心していた。むしろそういうことなら早く言って欲しかったくらいだ。

「なんだ、そうだったんだ。でもそれならキャンプじゃなくて心霊スポット巡りの方が良かったかもね」

「それはちょっと怖すぎて行けなかったかもしれません」

「大丈夫だよ、私だって一緒にいるんだから……、あっ」

そう言いながら気づいたのは、まさに今自分自身が幽霊のような状態だということだった。

でもそんなことを言える訳もない。私が死んでいることがバレてしまえば、すぐにこの世界から姿が消えてしまうのだから……。

「どうかしましたか？」

「いやいやなんでもない！　まあ、あれだよ、幽霊がいても案外怖くないかも、って私は思うよ」

適当に取り繕ろうことにした。というか、自分がなってみての率直な感想でもあった。

「そういうものですかね……」

「そういうことに決まってるよ。……けどなんだか良いことを知れて良かったなあ。そんな前向きに克服しようとしていたなんてユキは偉いよ」

でも、私の言葉とは裏腹に、ユキは後ろ向きな顔を見せる。

「……そんな偉いことじゃないですよ」

私はユキが謙遜してそう言っているのだと思った。

「そんなことないよ、素敵なことだよ」

「……本当に素敵なことじゃないんです」

ユキが、消えいりそうな声で言った。本当に謙遜という訳ではなかったのかもしれない。

——それから後は時間をゆっくりと過ごした。何か特別なことをする訳でもなく、そこで時間が流れるのを味わったのだ。それがキャンプの醍醐味でもあると思う。

夜も遅くなってテントの中で眠りにつく前に、ユキが「今日はありがとうございました」と私に向かって礼儀正しく言った。

出会った時から真面目で丁寧な子だなあ、と思っていたから、その言葉を私はそんなに気にすることはなかった。

ただ、その言葉が一つのサインだったのだと、私は後で気づかされることになる。

○

「——かりさん、——光さん」

聞き慣れない声で目を覚ました。テントの中からも、まだ外は暗いことが分かる。朝は来ていない。それに、私を起こしたのはユキではなかった。

——あの二人の案内人さんだった。

「ど、どうしたの？」

何が起こっているのかが分からない。でも、真剣な顔つきをしている二人を見て、何か良くないことが起こっているのはすぐに分かった。

「ユキさんがいなくなったんです」

谷口さんが言った。

「えっ」

そう言われた瞬間にあたりを見回す。確かにさっきまでユキが寝ていた場所は既に、もぬけの殻になっていた。

「ど、どこに……」

「分かりません、トイレか何かですぐに戻ってくるかと思って、私たちもそんなに気には留めていなかったのですが、いつまでも戻ってこないので光さんに声をかけた次第です。本来はあまりこういう立ち入ったことはしないのですが……」

それからほんの少しだけ言いにくそうに谷口さんが言葉を続ける。

「ユキさんがまだ年少者でもあるので、心配をしていまして……」

「年少者って……」

意外な言葉が混じっていた。状況がよく分からない。そして今度は常盤さんが言葉を続ける。

「……ユキさんは十八歳ではなく、十五歳です。最初に光さんと会った時は嘘をついていました」

「そんな……」

「もちろん会ったばかりの光さんに余計な心配をかけたくなかったというのもあると思います。ネットの相手だからこそ確かめようもなかったので、光さんが気づかなかったのも無理はありません……」

「ユキ……」

初めて会って話した時のことを思い出していた。私が年齢を尋ねた時も思えば不自然な間があった。あと一歳上ならちょうど一回り上だったと私が言った時に困った顔をしていたのは、本当は一回り以上離れていたからだったのかもしれない。

確かに余計な心配をかけたくなかったのだろう。それに、本当の年齢を知っていれば、ここまで私も連れ回すことはなかった。こんな夜の時間に連れ出すことはなかった。

そうされたくなかったからこそ、きっとユキは自分が十八歳だと偽ったのだろう……。

「そんな……」

——けど、なぜ今この場所から姿を消してしまったのかは分からない。

「……私、捜してくるっ！」

テントを飛び出して走り出す。どこに行ったのかなんて当てはない。懐中電灯をあたりに照らして走り回った。

「はぁ、はぁ……」

ユキは一体どこに行ったのだろうか。

そして何を考えていたのだろうか。

もっと、話せば良かった。

もっと、踏み込んで訊けば良かった。

「ユキ……」

——ユキがなんで怖いものを克服しようとしていたのか。

その理由は最後まで分からないままだった。

怖いものに立ち向かっている姿を褒めても、偉くもないし素敵なことでもないと言った。

だとしたらそこにもっと何か大きな理由があったのではないだろうか。

それに、家庭の問題のことだってあった。

学校のことだってあった。

まだ十五歳なのに、こんな夜に外に出ていても心配しない親。

平日で授業があるはずなのに行っていない学校。

そのことについてもっと私は、深入りして訊かなければいけなかったのではないだろうか。

でも、私はそうしなかった。気づいていて避けたのだ。今までもそうやって生きてきたからだ。他の人との関わりを減らして、自分だけの世界で生きようとしていたからだ。

けど、今この期に及んでもそうするべきだっただろうか……。

「……っ」

私は死んでからわざわざ会いに来たのに、生きていた頃と何も変わらないままだった。

このまま二十四時間が過ぎたところで、私は納得してこの世界に別れを告げられるはずがない。

そんな自分は嫌だ。

そんな自分が、私が追い求めた強い人間のはずはなかった――。

「――ユキっ！」

──ユキを見つけた。

暗くてよく分からないけれど、切り立った崖みたいな場所に立っているように見える。

その先でじっとユキは立ち尽くしていた。

「光さん……」

私の声に気づいてユキが振り向く。

懐中電灯で照らしただけでも、その頬を涙が伝っているのが分かった。

「ユキ……」

不謹慎かもしれないけど、その涙は何か目を奪われてしまうくらいに綺麗だった。

この残酷なくらいに真っ暗な景色の中で、輝いているようにも見えてしまったのだ。

「どうして、こんなところにいるの……？」

私はユキの瞳をまっすぐに見つめて言葉をかける。

「……テントに戻ろう。話ならなんでも聞くよ」

そうやって真摯に向き合って言葉をかけなければいけないと思った。

「それともまた何か怖いことを克服しようとしてるの？　……でもそれなら理由を教えて」

今のユキには、そうしなければ言葉が届かないと思ったから。

「……ユキのことを、私に教えて」

こんなにも感情を込めて想いを伝えたことはなかった。

本当にまっすぐにユキと向き合っていた。

そして私の想いがかすかに届いたのかもしれない。

ユキがぽつりと言葉を呟き始めた。

「……全部、怖かったんです」

ユキは、今にも消え入りそうな声で言葉を続ける。

「……でも、その怖さを乗り越えられたら、楽になれると思いました」

「……楽になれると思った？」

その言葉がポジティブな意味で使われたのではないと、ユキの顔を見てすぐに分かってしまった。

そして、ユキが胸の内に溜まったものを、私に向かって吐き出し始める。

「学校も家のことも全部うまくいかなくて、自分の居場所なんてなくて、もう何もかもが嫌になったんです……。それでもう楽になれたらって、……死ぬことを最近は考えていました。……だけど、結局死ぬのも怖くて何もできなくて、それなら少しずつでもいいから自分の怖いものを乗り越えようと思ったんです……。そしたら最後には死ぬことも怖くなくなると思ったから……」

「そんな……」

出会った時から、ユキにどこか影が付きまとっていることには気づいていた。

しかし、そんな理由が隠されていたなんて思わなかった。

そんなにも真っ暗な影が、ユキの心を覆っているなんて思いもしなかったのだ……。

「……本当に最低ですよね。最後まで光さんにも迷惑かけて、その後に光さんがどんな気持ちになるかも考えられなくて、結局最後まで自分のことばかり考えていて、年齢とか、嘘までついてこんなところまで来て、本当に酷い人間なんです……、ごめんなさい……」

「ユキ……」

名前を呼んだ後に、うまく言葉が続いて出てきてくれない。

こんな状況に立たされることなんて初めてだった。

けれど、ここで私はちゃんと言葉を伝えなければいけなかった。

ユキの心を救いたかった。

ユキにそんな顔をして欲しくなかった。

だからこそ私がちゃんと言葉を届けなければいけない。

だって今ここには私しかいないのだ。

ユキに言葉をかけてあげられるのは、私しかいない――。

「そんなの何も関係ないよ……。私に迷惑なんて何もないよ。だって今日一日本当に楽しかったんだから。私はユキと会えて良かったって本当に思ってるよ」

――今日は私にとって残された最後の一日。

その一日をユキと過ごしたことに後悔なんて一つもなかった。

「だからね、ごめんなんて言わないで。私からしたら言いたい言葉はありがとうだよ。ユキもそう言ってくれた方が私はすっごい嬉しいよ……」

本当に私は、今日ユキと過ごせて良かったと心の底から思っていたのだ。

「光さん……」

そしてユキもようやく私の瞳を見つめて名前を呼んでくれる。

それだけで嬉しかった。

ユキの心に、私の言葉がちゃんと届いている気がしたから――。

「……それに、死ぬのが怖いなんて当たり前だよ。みんなそうだよ。そんなの乗り越えなくていいんだよ。そのままでいいんだよ。ユキもそのままでいいんだよ」

私は、そのまま一歩進んで言葉を続ける――。

「……後ね、ユキは本当は死ぬのが怖いんじゃなくて、きっと今まで生きるのが怖かったんだと思う」

――二歩。ユキの体にさっきよりも近づく。

「……だからユキはそれをちゃんと乗り越えようとしていたんじゃないかな。一生懸命ここまでよく頑張ったね」

――三歩。手を伸ばせば届きそうなくらいの距離になる。

「……乗れないジェットコースターも飛べないバンジージャンプも全部できるようになった。幽霊だって目の前にいたってなんとも思わなくなった。それって凄いことだと思うよ」

──四歩。ユキの目の前に立った。

「……だからきっとこれからも大丈夫だよ」

──五歩。ユキの手に私の手が届く。

「……ユキは弱い人間なんかじゃないよ。それにこれから強くなるよ、もっと強くなる。私が保証するから」

──六歩。

ユキのことを抱きしめる──。

「光さん……」

もう一度、ユキが私の名前を呼んでくれた。

もうそれだけで充分だった。

ユキの想いは、私の胸にちゃんと届いていた──。

「ねえユキ。タフになるの。あんたはタフになれるよ。大丈夫、ユキは強い子だから。もう大丈夫だから、ねっ」

「光さん……っ、あぁ……」

ユキが、私の腕の中で大粒の涙を流して泣きじゃくった──。

「あぁ、うっ、ひっぐ……」

それは年相応な十五歳の涙だった。

ユキがこんな表情を見せてくれたのはこの時が初めてだった。

そして私も涙を流している相手を抱きしめるなんて初めてのことだった。

こんなにも自分が他人と、心と心でぶつかり合う時が来るなんて思わなかった。

こんな距離で人と関わることがあるなんて思わなかった。

この一日の中で変わったのは、ユキだけではない。

私もそうだったのだ――。

「ユキ……」

再びユキの顔を見つめようとする。

でもその時、思ってもみなかったことが起こった――。

「あっ」

――ユキの体を支えようと足を踏み直した瞬間、バランスを崩してしまったのだ。

「――ユキ！」

目の前の光景がスローモーションになる。

私の腕の中にいるままのユキも当然のように体のバランスを崩した。

「光さ……っ」

体がもつれて、一緒に崖に放り出されることになる――。

「――っ」

怖くない。

怖くなんかない。

――ユキは私が絶対に救う。

どうせ一度死んだ身。

もうどうなったってかまわない。

私には未来はないけどユキには未来がある。

だからこそ私の分って訳ではないけど、ユキには生きてもらいたかった。

ここでもう一度死んでしまったらどうなるのか分からない。何事もなかったかのように、あのさよならの向う側に戻れるなんて虫のいい話があるかも分からない。

それでもやっぱり怖さなんて何一つなかった。

だって今は私が下敷きになっても、ユキのことを守らなければいけなかったから――。

「ぐえっ」

――でも次の瞬間、カエルのような鳴き声が出ただけで、すぐに地面に尻がついた。

「あ、あれ……？」

ユキも戸惑ったような声を出す。こんな近くに地面があるなんて思ってもみなかったようだ。

尻の痛みだけ感じたままあたりを見回す。どうやらここは全然切り立った崖のような場所ではなく、ただの一メートルくらいの段差になっているだけの場所だったみたいだ……。

「……真っ暗な所って、こういう怖さがあるんだね」

私がやや呆れた声でそう言うと、ユキが小さく笑ってくれた。

私はそのまま言葉を続ける。

「……ユキさ、もう怖いものなくなったんじゃないの？」

「そう、ですね……」

でも、それからユキは少し迷ったような顔をしてからこう言った。

「……けど今は、あったかい布団とふかふかの枕が怖いかもしれません」

一瞬なんのことか分からなかったけれど、すぐに私も気づいた。

「……あんた、落語の『饅頭《まんじゅう》怖い』みたいなこと言わないでよ」

そんな冗談がここで出てくるとは思わなかった。私は思わず笑ってしまって、それにつられてユキも笑う。

私たちは二人で真っ暗闇の中で、何も怖いものなんてないように笑い合ったのだ。

そして私は、ユキに向かって改めて言った。

「死んじゃったらさ、もうこんな風に笑えないよ」

それから頭を撫でて言葉を続ける。

「後ね、あんた髪切りな。そんなに長い前髪で顔隠してたらイケメンがもったいないよ」

ユキがこくりと頷いて、もう一度二人で笑い合った——。

◆

——吉沢光は、さよならの向う側に戻ってきた。

最後の時間をユキと過ごしたその瞳には、もう何も後悔はないように見える。

光はゆっくりと言葉を口にした。

「……私はずっと一人で生きていけると思ってたんだけどさ、なんだかこういうのも悪くないもんだね」

光の目の前には、二人の案内人がいる。穏やかな表情を浮かべたまま、光の言葉を聞いていた。

「……死んだ後は綺麗さっぱり姿形もすべて消えてなくなって、何も残らなくなるもんだと思ってたんだけどなあ」

光は乳白色の空間を見つめる。

「……なんだか今は、私はあいつに何か残せた気がするよ」

そう言った後、光は言葉に詰まる。

「でも、なんでだろう……」

そして、自分の胸に手を当てた。

「なんでか分からないけど、今になって急に寂しさが押し寄せてきてる……」

――光の頬を、一筋の涙が伝う。

いつの間にか、泣いていた。

光も自分が涙を流していることが信じられなかった。今まで泣いたことなんてなかったはずだ。

でも、最初にこのさよならの向う側を訪れた時とは違って、今は全く別の感情が生まれていたのだ――。

「……あー、タイム。というかナシ。今の忘れて」

涙を拭って、それから無理に笑って光がそう言うと、ずっと黙って話を聞いていた案内人の谷口が口を開いた。

「いいえ、忘れませんよ。ちゃんと大切な記憶として刻みました」

「ひどい、谷口さん」

「忘れないのは光さんのことですよ。ユキさんもきっと同じことを思っているはずです」

「……そっか。まあそうやってだれかが覚えててくれているのは悪くないことなんだろうね」

「ええ、悪くないどころかとっても良いことだと思います」

谷口がそう言って笑うと、今度は光も自然に笑った。

そして、気を取り直すように頬をぱしんっと軽く叩いてから、谷口に向かって尋ねる。

「……オッケー。分かった、色々とありがとう。そしたらさ、私はこれからどうすればいいの？」

「光さんには、これから最後の扉をくぐっていただきます」

そう言って谷口が指をパチンッと鳴らすと、ペンキで塗りあげたような、真っ白な扉が浮かび上がった。

そこで谷口が一歩下がると、今度は常盤が一歩前に出る。バトンタッチしたように常盤がその扉の説明を始めた。

「これから光さんは最後の扉をくぐり、生まれ変わりを迎えます。縁があれば、きっとまた今の世界で会った人たちに会うこともできるかもしれません。といっても、私たちが案内できるのはここまでですが……」

常盤がそう言って、真っ白な扉の前に手を差し向けると、光はその案内に従って扉の前に立った。

「今度は新しい扉をくぐって生まれ変わりかあ、分かりやすくていいね」

それから一度谷口たちを振り返って、思い出したように笑って言葉を続けた。

「……それにしても私が涙を流すなんてね。……なんか最後の最後に弱い奴になっちゃったみたいで悔しいなあ」

その言葉に、谷口は首を横に振って言った。

「それは違うと思いますよ」

「違う？」

谷口は光をまっすぐに見つめて言葉を続ける。

「光さんは弱くなったのではなく、きっと前よりも優しくなっただけです」

「優しくなっただけ……」

「ええ、そして前よりも強くなったんだと思います」

「強く……」

そんな言葉をかけられるとは思わなかった。

でも、その言葉がじんわりと体の中に沁み込んでくるのを光は感じる。

そう言ってくれたことが嬉しかった。

何か救われたような気がしたのだ。

そして光自身、その言葉を言ってもらえたことで、ある答えにたどり着いた気がした――。

「――強いってさ、優しいことなのかもね」

誰かを守れるような優しさが、本当の強さなのかもしれない。

光は、そう思った。

それが正解かどうかは分からない。

ただ、今は、最後の最後でそういう答えを出せた自分に満足していた。

――それから光は、扉に手をかける。

「谷口さんと常盤さんの案内のコンビ、悪くなかったよ」

そして、最後に二人に向かって言った。

「いや、とっても良かった、だね――」

扉を開けると、真っ白な光がその体を包み込んだ――。

第二話　らいおんハート

「死後にこんな世界が待っているなんて夢にも思いませんでした」

さよならの向う側を訪れたジェイは、最後の再会に関する説明を一通り聞いた後で呟くように言った。

「驚きましたか？」

目の前に立つ谷口が尋ねる。ジェイは何もない乳白色の空間を不思議そうに見回してから言った。

「ええ、とても」

「そんなに驚いているようには見えませんけどね、むしろここを訪れた方の中でもかなり落ち着いている部類だと思います」

「感情がそんなに表に出るタイプではないんですよ、温厚な方なので」

「それに利口ともよく言われませんか？」

「そう言われることもありますね。もちろん個人差も大きいし一概には言えませんが」

ジェイが謙遜するように言った。

その様子がますます落ち着いた雰囲気を醸しだしている。谷口は頃合いを見計らって、最初に尋ねていた質問をもう一度した。

「……それではジェイさん、あなたが最後に会いたい人は誰ですか？」

「……」

するとさっきまで淀みなく質問に答えていたジェイが、急に黙ってしまう。しばしの時間が経った後に、乳白色の空間を見上げて答えた。

「……会いたい人は真っ先に思い浮かびました。でも私は、きっとその人たちには会えません」

ジェイは、絞り出すような声で言った。

「……なぜ、そう思うのでしょうか？」

案内人の言葉に、ジェイはゆっくりと答える。

「……私が亡くなったことを知っている人には会えないのでしょう？　それでしたら私が望む相手には間違いなく会うことができません。利口と言われる私の頭を何度捻ってみても、答えは出ないのです」

◆

ジェイが会いたいと思ったのは、一緒に暮らしていた久河《ひさかわ》家の人たちだ。久河孝信《たかのぶ》、久河真里菜《まりな》の夫妻、そして娘の久河愛《あい》。ジェイにとって現世で所縁《ゆかり》のある相手はその三人だけだった。

しかしジェイは、全員が自分の死を知っていると確信していた。つまりその三人と会えないことが決まった時点で、ジェイから最後の再会の選択肢が失われてしまったも同然だった。

「……確かに、今回のケースはかなり難しい状況ではありますね」

谷口も顔をしかめて言った。ジェイの置かれた状況が厳しいことは、長年この場所で案内人を務める立場からしても容易に想像できたのだ。

「ただ、以前にジェイさんと同じように、会いたいと思っている相手に会うのが困難と思われた方がいたのですが……」

谷口は、わずかな可能性についての話をする。

「その方は小さなお子さんには会うことができたんです。それも偶然が重なって、息子さんがその方の死をちゃんと理解していなかったことが大きな要因になりました。亡くなったという事実を知らない相手なら会うことが可能なように、死という概念をちゃんと理解できていない相手にも会うことはできますから」

「……その子は、何歳でしたか？」

ジェイはかすかな希望を手繰り寄せようと尋ねる。

「四歳ですね」

「四歳ですか……、愛は六歳ですが……」

「……微妙なところですね。幼い頃の二歳の差は大きいですし、何よりこういった場合は愛さん自身の理解度だけではなく、周りの説明も重要になってきます。ご両親がジェイさんは死んでしまった、という風にちゃんと説明していたら厳しいと思いますし……」

「そうですか……」

ジェイがため息をつくように息をもらす。わずかに残った選択肢の扉が閉ざされてしまった気がした。

「……会いたいと思った相手は、他にはいませんか？」

そこで口を挟んだのは常盤だった。なんとかこの事態を変えたいと思っていた。それでも、ジェイは首をぶんと横に振る。

「考えられませんね、私は生きている間のほとんどをその三人と一緒に過ごしました。それでどうやって他の人に会いに行くという選択肢が生まれるでしょうか？」

「……その気持ちは、とてもよく分かります」

今度、その言葉に答えたのは谷口だった。自分のことのように沈痛な面持ちである。ジェイは自分の顔を鏡で見た訳ではないが、きっと同じような顔をしていると思った。

「……でも、もしも可能性がわずかでもあるなら」

ジェイはそう言ってから、案内人の二人をまっすぐに見つめた。自らの揺るがない意志を表明する意味も込めて――。

「――私は、愛に会いに行きたいです。私が亡くなったのは深夜のことでした。旦那様と奥様は次の日、朝が早いにもかかわらず、私の死を看取ってくれました。だからこそお二人は、ちゃんと私の死を受け入れて前を向いてくれていると思っています。……でも、愛はその時眠りについていました。だから私はまだ愛とちゃんとお別れをできていません。できることならもう一度会いたいです……。愛とは家の中でも、いつも一緒に過ごしていました。ここ数年は、愛の傍で過ごす時間が一番長かったんです。それに愛は眠っていたからこそ、三人の中では会える可能性もわずかにあるのではないかと……」

「……ジェイさんと愛さんとの関係はとても深いものだったんですね」

「……ええ、家の中ではほとんど一緒にいて、隣にはいつも彼女がいました。……それに何より私は旦那様から家のナイトに任命されていたんです。なので愛を守るのが私の大切な役割でもありました」

「……ナイト、つまり騎士ですか？」

思わぬ言葉が出てきたようで、常盤はジェイにその言葉について尋ねた。

「ええ、そのナイトです」

「……なるほど、その言葉はジェイさんにぴったりかもしれませんね」

常盤はジェイの凛とした姿を見て頷いてから言った。

「愛さんもジェイさんのような方がいたらとても心強かったと思います、金色《こんじき》の毛がより一層風格といったものを感じさせます」

そう言った谷口の視線は、ジェイの特徴的な金色の毛に向いていた。

「そんなことを言われると照れますね、でも、ありがとうございます。この金色の毛は私の自慢なんです。案内人さんの白髪もとても素敵だと思いますけど」

ジェイがそう言うと、谷口は自分の髪を撫でた。

「ありがとうございます。そういった、相手を気遣う言葉まで言えるあたりが、やっぱり落ち着きのある素敵なところだなと思います」

谷口がにこっと笑って言った。そしてまた話を元に戻す。

「ジェイさんのおっしゃった通り、会える可能性がほんの少しでもあるのは、その三人の中では私も愛さんだと思います。ご両親が真実を伝えていなければ多少は会えるチャンスが高まるかと……」

「ですよね、そのわずかな可能性を信じたいと思います」

ジェイの表情にほんの少し明かりが灯ったように見えた。

だが、谷口はそこで申し訳なさそうな顔をした。

「……でも、それも私の憶測に過ぎません。案内人を名乗っているのにもかかわらず、ジェイさんの力になれなくて本当に申し訳ないです」

悔やむような顔を見せた谷口に、ジェイは柔らかな言葉をかける。

「いえ、こうしてあなたたちがこの場所で話し相手になってくれただけでも十分です。私にとってはこんなことも初めての経験だったから貴重でした」

「……そう言ってもらえると少しだけ救われます。ジェイさんは騎士のうえに紳士ですね、私も見習わなければいけません。後は、できる限りジェイさんが素敵な最後の再会を迎えられるように祈っていますね。何かできることがあれば、力になりますから」

ジェイは、その言葉を受け取って小さく頷く。

「ありがとうございます。十六歳という天寿を全うした身なのでそこまで多くは望みませんが、そういう最後を迎えられればとても素敵なことですよね」

「ええ、私も心からそう願っています。では……」

谷口は、背筋《せすじ》を正してから、指をパチンッと鳴らす。

すると目の前に木製の扉が現れた。

ジェイは何を言われるでもなく、その扉の前に自然と立った。

そして今度は常盤が、最後の再会のルールを説明する。

「この扉をくぐった先が現世へと通じています。時間は二十四時間、自分の死を知っている人に会うとたちまちに現世から姿は消えてしまいます。よろしいでしょうか？」

「ええ、しっかりと頭に入れました。こう見えてゴールデンレトリーバーは利口な犬種なんです」

ジェイは自らの尻尾を振って言った。

「どう見ても利口だと思いますよ。それでは、いってらっしゃい」

常盤がエスコートをするように扉を開ける。

「ありがとう案内人さん、いってきます」

ジェイは金色の毛を揺らしながら、挨拶代わりにもう一度尻尾を振って扉をくぐった――。

○

私が目を覚ましたのは、公園だった。江戸川《えどがわ》のほど近く。何度か散歩にも訪れた場所だ。

頭上には葉が広がっている。キンモクセイの木だ。花をつけるのは秋の頃だからまだ大分早い。私はそのキンモクセイの根元あたりにいた。

気持ちのいい陽気だった。今ひとたび自分が一日だけ現世に戻ってきたなんていう奇妙な事態を忘れそうにもなる。昼を過ぎた頃だろうか、日差しはあるが、ここ最近の暑さは和らいでいるように感じた。

こんな日はいつもなら散歩にうってつけの日和だ。旦那様とも、奥様とも、それに愛とも、この公園に来た時を思い出す。

道路沿いの桜が満開になる春。

ジャングルジムの向う側に入道雲が浮かぶ夏。

落ち葉がすべり台の下に広がる秋。

雪がうっすらとシーソーに降り積もる冬。

思い出の中の景色はさまざまだが、どの思い出の中でも中心で笑っているのは愛だった。

そして、私は愛に今ひとたび再会するために現世に舞い降りた。

さて、ここからどうしようか。まずは家に行くのが一番であることは確かだが……。

「あっ」

そんなことを思っていた時に、目の前で声があがった。

そこにいたのは小さな女の子だ。しかし愛ではない。私が今までに出会ったこともない女の子だった。

「わんわんいる！」

私の存在が珍しかったのか、女の子は続けて声をあげた。その声に反応して、女の子の母親らしき女性もやってくる。

「あら、本当ね、こんなところでひとりでどうしたのかな」

そう言って、きょとんとした顔で私のことを見つめる。途端に私は現状を把握した。

——これはもしかして、あまりよくない状況ではないだろうか。

私のようなゴールデンレトリーバーが飼い主もいないまま、公園にいるなんてことはほぼありえない。どこかから逃げ出したと思われて通報でもされたら……。

「飼い主さんはどこかしら、大丈夫かな……」

そう言ってその女性がスマホを取り出した。

——まずい。

勘は当たっていた。女性がスマホを繰るよりも先にその場を駆けだす。「あっ」という女の子の声がもう一度聞こえたが、その場に置き去りにした。

間違いなくあの女性はどこかへ連絡をするつもりだったのだろう。危ないところだった。

それにしても前途多難な始まりだ。思っていたよりもこの最後の再会は困難を極めるのかもしれない。

私は走りながら、愛と再会を果たすまでの過程に待ち受ける問題を思い浮かべた。

その一、愛が私の死を認識していてはいけない。

その二、私の死を必ず知っている旦那様と奥様に会ってはいけない。

その三、家族だけではなく、他の人にも極力会わないようにしなければいけない。

その一、その二に関してはある程度シミュレーションの中に入れていた。しかし、その三については現世に戻ってきてから、はたと気づかされた。

このご時世、野良犬を見かけることなんてほとんどない。そしてゴールデンレトリーバーの野良犬なんてものは見たことがない。そんな状況で私がふらふらとあたりをさまよっていたらどこかへ通報されるのは確実だ。そうなれば最後の再会どころではなくなってしまう。

私は必死の思いで駆け抜けた。こんな逃げるために走ったことなんて一度もない。走っている最中に横目に映ったのが、塀に座ってあくびをしている野良猫の姿だった。

あぁ、猫はのんきでいいなあ。彼らならそこらへんを好きにほっつき歩いていても、通報をされることはまずない。自由勝手の気ままな連中なのだ。

ただ、私のこの性格上、あんな自由すぎる生活なんてものは逆にストレスがかかりそうだから難しいところなのだが……。

――そんなことを考えている間に、公園からは遠く離れた場所までやってきた。

ここまで来れば大丈夫だろう。息切れはほとんどない。久しぶりに走るのはとても快感だった。たった一日だが、生き返ったというよりも若返ったような気分だった。

やってきたのは住宅街の路上である。ここも見慣れた場所だ。そう、私は無意識のうちに、公園から家までの散歩の道を辿っていた。

その時、前方からまた女の子の声が聞こえた。

「今日の昼休み何してた?」

もちろんさっきとは違う女の子の声だ。

「私はいちりんしゃ!」

二人の女の子が会話をしている。元気で明るい、まだあどけない声。私に気づいている様子は全然ない。だからこの場を急いで離れる必要はなかった。

——というか、私はあることに気づいてその場を離れることができなかった。

前方で揺れるピンク、水色、赤色の三つのランドセル。

そして赤いランドセルを背負った女の子はまだ何も喋っていない。でも、私はその女の子に確かに見覚えがあった。

「愛ちゃんは何してた?」

——愛だ。

その横顔はまぎれもなく愛だった。黄色い帽子からのぞくショートカットの髪と、ランドセルにつけた羊毛フェルトのキーホルダーが揺れている。あれは私をかたどったゴールデンレトリーバーのキーホルダーだ。それが、愛のランドセルの目印だったのだ。

——こんなにも早く会えるなんて。

心の準備ができていなかった訳ではない。だが、思っていたよりも早く愛を見つけることができた。そして今は、旦那様と奥様もいない。愛と、最後の再会を果たすための好機に違いなかった。

「……わかんない」

ただ、愛の様子が変だった。

愛は友達の質問に上の空でしか答えない。

友達も小さく首を傾げてから、愛とは反対の右側の女の子にもう一度話しかけた。

「今日のよるごはんね、ハンバーグなの」

「いいな、ハンバーグ。うち、おさかなだもん」

「おさかなもすきだよ。愛ちゃんは？」

女の子がまた愛に話を振った。

今度はちゃんと答えてくれるだろうか……。

「……わかんない」

愛はさっきと同じ回答をした。

「そっか……」

その様子を見て隣の女の子はもう愛に話しかけなくなってしまった。仕方ないのかもしれない。愛はそれからほとんど喋ることもなく、ぼんやりと空を見上げながらただ歩き続けていた。

……何か、学校生活がうまくいっていないのだろうか。私が生きていた頃も、愛の友達付き合いまでは把握していなかった。しかし、愛の両親だって、学校生活に対して心配していいるような話をしていた覚えはないが……。

「バイバイ、愛ちゃん」

「バイバイ……」

愛の友達の女の子は先に家に着いたようで、歩みを止めた。そして愛だけが先を歩き始める。友達の女の子二人はそのまま、小さくなる愛の背中を見送っていた。愛の背中がどんどん小さくなる。

私の胸の中はざわざわと揺れていた。もしも愛が、学校生活や友達関係でトラブルに巻き込まれていたら助けてあげたい。なぜなら私は愛のナイトなのだから。何かあったら私は愛を守らなければいけないのだ。

この最後の再会の一日を、そのためだけに費やしてもいい。その方がたった一日現世に舞い降りた意味があると思った。それこそが、ナイトとしての役目だと思ったから――。

――しかし、その想いが根幹からへし折られてしまうような事実が発覚した。

「愛ちゃん、おうちのワンちゃんが死んじゃってから元気ないよね」

「うん、心配だね」

二人の女の子が言った。確かにそう言った。

それは、私にとっては一番知りたくない事実だった。

「……」

——愛は、私の死を認識している。

これでは前提としてあげた条件のその一から完全に崩れ去ってしまう。案内人さんが説明していたルール。

『自分の死を知っている人物に会うことはできない』

どうすればいいのだろう。現世の中でやろうとしていたプランは崩壊してしまった。

これでは、私は愛に会いに行けない。もちろん、旦那様にも、奥様にも……。それはつまり、この現世で所縁のある大切な人には誰にも会いに行けないことを意味していた。ナイトどころか、私に守れるものなんて何もなかったのだろうか……。

愛の背中はもう霞《かす》むくらいに小さくなっている。でもその背中を追うことはできない。人目につかぬように、この大きな体をできる限り小さくしてとぼとぼと反対方向に歩き始めた。

今はまた猫か、いや、それよりももっと小さいねずみにでもなりたいと思った。

小さな体になれば、その分、心も小さくなって胸の奥の痛みもやわらぐと思ったから。

けど、そんなこともないのだろうか。

どんな大きな生き物も、どんな小さな生き物も、心の大きさは一緒かもしれないから。

人目を避けてたどり着いたのは、江戸川の河川敷だった。

ここは、週末の散歩でもよく来た場所だ。でも今はその思い出の中とは違って、ぽつんと私ひとりで河川敷にいる。周りには幸か不幸か、ほとんど人の姿も見当たらなかった。

そのまま橋脚のところへ向かう。静かな場所で身を横たわらせたかった。

何か身体的な疲れを感じた訳ではない、痛んでいたのはやっぱり心の方だった。私の心がどうしても痛むのは、最後の再会をする望みがなくなってしまったからだけではない。

愛の悲しそうな顔を見てしまったからだ。

私が愛の笑顔を奪ってしまった。

私は一体これからどうすればいいのだろう……。目を瞑《つむ》りながら思い悩んだ。悩めば悩むほど胸の奥が痛んだ。

――思えばこの江戸川の河川敷でも、私は愛の悲しむ顔を見たことがあった。


約一年半前のことだ。

愛はおもちゃを出しっぱなしにしていたことが原因で奥様からお説教をされていた。それも一度や二度ではなく、一週間連続という記録まで作ってしまったので、この日はこっぴどく叱られていたのだ。

その後、事件は起こった。というのも、愛は自室の中にこもったと思われていたが、いつの間にか誰にも気づかれずに家を飛び出していたのだ。

焦ったのは旦那様と奥様だけではない、私もだ。

事態を把握した瞬間に、全員が家を飛び出していた。

外に出ると雨粒が容赦なく鼻先にぶつかる。さっきまでは晴れていたはずだが、不運なことに天気が急変して雨が降り出していた。

——愛が一人で雨に打たれて泣いているかもしれない。

いてもたってもいられなかった。いられるはずがなかった。

気づけば私は旦那様の制止を振り切り、ひとりで走り出していた。

愛は、愛はどこに……。

鼻をそば立てて愛の匂いを辿る。

あたりを駆け回りながら痕跡を探す。

捜索の邪魔をするように雨が匂いを洗い落としていくが、私はその中で懸命に鼻先の感覚にだけ集中した。

そして、かすかな匂いを見つける。

——愛。

走った。

走ってその場所へ向かった。

今振り返ってみると、本当はそんな愛の匂いなんて感じられなかったのかもしれない。

あの雨の中、あの距離で愛の匂いを嗅ぎとることなんて不可能に近かった。

でも、あの時だけは本当に感じたのだ。何かが巡り合わせてくれたのかもしれない。

私がたどり着いたのは、江戸川の河川敷だった。ここには時々愛と一緒に訪れたことがあった。すぐには愛の姿は見つからない。でも、橋脚のところまでやってくると、そこに愛の姿があった。

「ジェイ……」

真っ赤になって泣き腫らした愛の顔が目の前にある。

きっと、今までずっと一人で泣いていたのだ。

「ジェイ……！」

そして、もう一度私の名前を呼んだ瞬間、愛が飛びついてきた。

「ジェイ、こわかったよお……わたし、わたし一人で……」

愛が、ぎゅっと私のことを抱きしめる。その手はとても冷たく、まだ震えている。

愛は泣いた。

さっきまでずっと泣いていたはずなのに、また一段と強くわんわん泣いた。

それは傍で降り続ける雨よりもたくさんの雫がこぼれ落ちている気がした。

この時、何か優しい言葉の一つでも私の口から出すことができればよかったのだが、私は残念ながら喋ることはできない。

私にできることは一つだけだった。

――ただ、愛の隣にいた。

今の私にできることはこれくらいしかなかった。

ひしと身を寄せて、愛がこれ以上、雨に濡れないように。その小さな体が寒さで震えないように――。

「ジェイ、ありがとう……」

愛はもう泣きやんでいた。

それどころかもう、いつも家で見せるような安心した顔を見せてくれるようになっていた。

そして雨があがる。ちょうど愛の涙が引くのと同じくらいのタイミングだった。

夏の夕立だったようだ。急速に空模様は回復して、日の光までが差し込んでくる。

「きれいだね、ジェイ……」

まだ涙の跡が残ったまま、愛が空を見上げて言った。

それから、さっきまであれだけ泣いていたのが嘘のように笑顔を見せて言葉を続けた。

「一日中はれの日よりも、雨がふったあとの方がお空はきれいになるんだね、すきとおっているみたい」

確かに、愛の言う通りだと思った。

私は愛に言われるまで気づかなかった。雨が空を洗い流したのだろうか、透明なフィルターがかかったように周りの世界はさっきよりもきらめいて見えた。

思えば、以前からも愛は私や旦那様や奥様も気づかないようなこういう発見をすることが多かった。

愛の発見にはいつも驚かされるうえに、なんだか幸せな気持ちにさせられる。愛が見つけるものは、どれもこれも素敵なものだった。

愛は以前にもこんな雨の日に「おきにいりの長ぐつとかさがあると少しだけ、きらいな雨の日がたのしみになるんだよ」と教えてくれたことがあった。私もその言葉を聞いて、前よりも雨の日が楽しみになったのだ。

愛は幼いながら私に色んなことを教えてくれた。

そして私は、そんな素敵なことを教えてくれる時の愛の笑顔が大好きだったのだ。

「おーい！　愛！」

「愛ー！」

その時、手を振ってやってくる旦那様と奥様の姿が見えた。

「……ごめんなさい、パパ、ママ。でもね、ジェイがまもってくれたんだよ」

二人がすぐ傍までやってきた時に、愛はそう言った。

その言葉を聞いて、旦那様は私を見つめて言った。

「ジェイは、我が家のナイトだな。ありがとう、これからも何かあったら愛のことを守ってあげてね」

旦那様が私の頭を撫でてくれたので、私は尻尾をぶんぶんと振って返事をした。

それからみんなで並んで歩いて家に帰った。

私はもちろん愛の隣にいた。

それは、とてもとても幸せな帰り道だった——。


「おぉ、びっくりした！」

——びっくりしたのは私も同じだった。途方に暮れたままこの橋脚のところで寝てしまっていたが、その声で目を覚ました。

日も既に落ちている。

その薄暗闇を背景に一人の男が目の前に立っていた。しわくちゃになったシャツに、土で汚れたズボン、顎にはほとんど手入れされていない鬚《ひげ》がびっしりと生えている。

「……お前、野良犬か？」

男は私に向かって言った。

違う、野良犬ではない。といっても喋ることはできないから、今の私にできることは何もなかった。

「いや、どこかの高そうな犬だけどなあ、どうしたんだお前」

男は、独り言のように、でも私に向かってまじまじと喋りかけるように話し続ける。

私はひとまず静観した。彼はどこかへ連絡をするような素振りも見せなかったし、そこまでの敵意はないように感じたからだ。ただ、彼はこの場所を退《ど》くつもりはないようで、なかなか動こうとしなかった。

一体、彼は何をしに来たのだろうか。この状況が続くようなら、万が一のことを考えても私はここから足早に逃げ出さなければいけないが……。

「寝てたところわるいんだけどさ、ここ俺の寝床なんだよな」

その発言を聞いて、すぐに合点がいった。路上生活をしている人だったのだ。確かに近くには段ボールとビニールシートで覆われた家のようなものがある。

というか、邪魔をしているのは完全に私の方だったみたいだ。

「野良犬なんて今どきいるんだなあ」

いや、だから私は野良犬ではない。

久河家の一員であり、れっきとした飼い犬だ。

「まあ、俺も野良で生活してるから仲間だな、がっはっは」

……一人で笑って一人で完結している。

掴みどころこそないが、悪い人ではなさそうだ。今のところどこかへ通報されるということもなさそうである。

だけど、このままここにいる訳にはいかない。寝床を荒らされるなんて彼にとっても迷惑な話のはずだ。私が場所を変えるべきだろう。さて、どこへ行こうか……。

そう思いながら橋脚のところから退こうとしたところで、男から声がかかった。

「……お前、行くところねえのか？」

その言葉に足がピタリと止まった。

その通りだった。今の私には行くところもなければ、帰るところもない。うっすらとした暗闇は話しているうちにいつの間にか真っ暗闇になっている。

私はこれからどこへ行けばいいのかも分からなかった。

だって、私は久河家に帰ることはできないのだから……。

「俺と一緒だな」

男は言った。

もしかして私の心でも読めるのだろうか。いや、そんなことあるはずがない。

――でも、一緒なのは確かだ。

「お前、名前はなんて言うんだ？」

男は本当に真摯に私に語りかけるように言った。まるで、私が人間であるかのように話しかけてくれたのだ。

不思議ではあった。でも、私はあることを思い出してもいた。それは旦那様と一緒に公園へ散歩に行った時のことだ。そこで私に対して、この男と同じようにたくさん話かけてくれるおじいさんがいたのだ。そのおじいさんは数年前に奥さんを亡くしていた。それから話し相手が全然いなくなってしまったという。そして、普段の話をする相手がいなくなったからこそ、少しでも話せるのが嬉しくて動物相手にも話しかけたりしてしまうのだと言っていた。

もしかしたら、この男もそうなのかもしれない。普段から、話をする相手が少ないのだろうか。

——私の名前はジェイ。

けど、私はあのさよならの向う側にいる時のように言葉を発することはできない。

だから私は声を出す代わりに、ただじっと黙って相手を見つめた。

「まあ、犬だからわんこでいっか」

……めちゃくちゃ安易な名前をつけられた。

声をあげるのはとても大事なことのようだ。まあ、私にはジェイという名前があるから、今はわんこでもなんでもいいのだが。

「俺はリンダって言うんだ、恰好いいだろ？」

わんこなんてつけるようなネーミングセンスの割には、自分の名前は随分と洒落《しゃれ》ていた。

見た目にはリンダなんて洋風な要素は一切ないが、その明るい名前は大らかな話しぶりに似合う気がした。

「なあ、わんこは腹減ってねえか？」

リンダが私に向かってそう言った。

私はお腹は減っていない。というのも、この現世に戻ってきてからそういう食欲みたいなものはほとんど感じなくなっていたのだ。その意思を示すために、私は「わんっ！」と一鳴きした。今度はちゃんと意思を示すために精いっぱい声をあげたのだ。

「よしっ、腹減ってるよな！　じゃあ一緒に行くべ」

……私の意思は全然伝わらなかった。

声をあげるよりも言葉にしてちゃんと伝えることが大事みたいだ。人間のコミュニケーションというものは難しい。

「ゴーゴー、ご飯へレッツゴー」

陽気に英語を繰り出してリンダが右手を振って歩きだす。もしかしてリンダという名前からして、実は英語が堪能だったりするのだろうか。

でもどうしてだろう。

今はさっきよりもほんの少しだけ胸の奥の痛みが和らいだ気がする。

○

「ほれ、わんこ、これ食え」

スーパーに寄った後は駅前の広場までやってきた。リンダが私に差し出したのは、スーパーで買ったクリームパンだ。家ではドッグフードかジャーキーくらいしか食べてこなかった私にとっては初めてのものだった。すんすんと鼻先を寄せるといい匂いがする。ほんのりとパンの中に甘い匂いが閉じ込められているようだ。

「いただきますっと」

リンダは自分の晩ご飯に、昆布のおにぎりを買っていた。それも半額のシールが張られたものを一つだけ。私のクリームパンはなんの割引もされていないものだった。

「半額になっても美味《うま》さが半分になるなんてことはねえからよ」

リンダは私が尋ねた訳でもないのにそう言ってから、ニカッと笑って海苔のついた歯を見せた。

私もおそるおそる、でも好奇心を抑えきれずにクリームパンにかぶりつく。

——美味い。

何よりも気に入ったのは、そのパンの柔らかな食感だ。今までこんなものは食べられなかったからこそその背徳感も相まっているのかもしれない。その初めての食感は私にとってはとても心地のいいものになった。パンって、こんなにもやわらかくて美味しいものだったと知らなかったのだ。

「ごちそうさまっと」

さっき食べ始めたばかりの食事をリンダはもう終えたようだ。それも無理もない、晩ご飯はおにぎりたったの一つだけだったのだから。

「あー食った食った満腹だ。わんこはそれ残さず食っちゃえよ」

とても満腹なようには見えないが、リンダがそう言ったので、私も半分残ったクリームパンを綺麗に平らげる。それを見てリンダは、自分が食べた訳でもないのに満足そうな顔をした。

「なんだか今日のおにぎりは格別に美味かったなあ、味付けでも変えたのかなあ」

リンダがまた笑って言った。昆布のおにぎりどころか、今までおにぎりの一つすらも食べたことがないのだから、私にはその理由は分からない。でも、きっとこのクリームパンと同じように美味しかったのだろう。

「ふう……」

それからリンダは何も言わずに、ぼうっとベンチに深く座って、駅前をせわしなく行きかう人たちを眺め始めた。あたりは家路を急ぐ人の姿がほとんどのようである。

……愛も今頃家で晩ご飯を食べているのだろうか。

どんなご飯を食べるのかは友達にも話していなかったし、私にも分からない。でもそんな中で、ふと、一緒に散歩をしていた時に愛が言っていたことを思い出した。

「わたしね、夕方におさんぽするのが好きなんだ」

愛はまた新たな発見をしたみたいだった。

「夕方におさんぽするとね、いろんなおうちからばんごはんのにおいがするの。カレーとか、おさかなのにおいがして、なんだかそのかおりをかぐと、わたしもしあわせなの。だから、ばんごはんのにおいってしあわせのにおいなの」

私はその時に初めて、「しあわせのにおい」という言葉を聞いた。

確かにその通りだと思った。ある特定の一つがしあわせのにおいなのではなく、色んな家の晩ご飯の匂いがしあわせのにおいなのだ。それはきっと、その家族の姿が香りを通して感じられるからかもしれない。どこかその姿を思い浮かべると、こっちまで幸せになれる気がした。

今の愛の家からはどんな匂いがするだろうか、私には分からない。愛は食欲がないかもしれないから、奥様も献立に悩んでいるかもしれない。でも、食欲が湧かなかったとしても、このクリームパンくらいは食べて欲しい。きっと愛はあの味が好きだろうから。しあわせのにおいがほんの少し、パンの中に包まれていた気がするから――。

「ねぇ、でっかいワンちゃんいるよ!」

と、その時、弾けるような明るい声が傍で聞こえた。

「本当だ、なんとかレトリーバーってやつだ」

目の前には若いカップルがいる。にこにこと笑みを浮かべて私の傍までやってきた。

「首輪もリードもつけてないしどうしたんだろう」

髪の長い女性が私の首元を撫でながら言った。

「こんな野良犬いる訳ないけどな」

茶色い髪の男が私の頭を撫でる。正直言って気分は悪いものではない。犬は基本的には撫でられるのが好きな方だ。だから撫でられて文句を言うつもりなんてなかった。

「えっ」

しかしそこで二人の手が急に止まった。二人は同じタイミングで私の近くにいたリンダを視界に捉えたようだ。今までずっとその存在に気づいていなかったらしい。二人はだいぶ傍まで来ていたのに、犬の私だけしか目に入っていなかったのだ。

そして、さっきまでの様子から豹変して、私からさっと手を離した。

「……いこうぜ」

「……うん。バイバイ、ワンちゃん」

カップルが足早に去って行く。男が私を触った右手をズボンに擦りつけて拭いているのが見えた。

「……俺たちも行くか、わんこ」

リンダはとても悲しそうな顔をしてベンチから立った。

私はどんな顔をしているだろうか。

感情が表に出るタイプではないから、リンダのように悲しそうには見えないだろう。

だけど、きっと心の中ではリンダと同じような顔をしているはずだ。

○

「最初に路上生活を始めた頃には、人がほとんど寄り付かないところばっかりいるようにしてたんだけどな……」

河川敷の寝床のところまで一緒に戻ってくると、リンダはそう言った。

「そうしていたのも、こんな風になった姿を誰かに見られるのが恥ずかしかったからなんだ。昔の知り合いなんかに見られたらもうおしまいだと思ってたからな。それくらいのプライドはあったんだよな、最初の頃は……」

まるでそれは、何かの説明を始めるようでもあった。私はただじっと黙ってリンダの瞳を見つめる。

「……でもな、寂しかったんだ」

リンダは目を細めて私を見つめて言った。

「遠巻きにされたり、誰も話しかけてくれなかったりしてもな、誰かが傍にいるってだけで寂しさが紛れたんだ。他人だとしても、誰かが近くにいて欲しい時があるんだよな……」

その気持ちは私にもよく分かる。寂しいのは凍てつく夜に一人裸でいるようなものなのだ。きっと心はそんな辛さに長く耐えることはできない……。

「なあ、わんこ、お前もそんな寂しい顔をするなよ」

リンダが私を見つめる。

「……初めてここで会った時とそっくりな顔してるぞ」

私はそんな表情をしていただろうか。でも、リンダがそう言うならそうかもしれない。だって、あの時は愛に会いに行くことがかなわないと分かってしまった時だった。

愛の笑顔も、もう見られない。

私が大好きだった愛の笑顔。

私が愛の笑顔を思い出すと決まって同時に頭の中に浮かぶのが、愛の歌っていた姿だ。

愛は歌うのが好きだった。そしてその歌声を聴くのが私は好きだった。愛が私の隣に来ると決まって歌ってくれたのは『ＡＢＣの歌』。

英語教室に通い始めてからは毎日のように歌っていたのだ。

愛が英語教室に通い始めたのは五歳の時のことだ。英語を喋る時はいつもよりも大きな声になって、「ハロージェイ、ハゥアーユー？」なんてまだ拙い発音で言ってくれたのをよく覚えている。そしてやっぱり私と一緒に並んでリビングのソファで過ごしている時は、子守唄のように「エー、ビー、シー、ディー……」と『ＡＢＣの歌』を歌ってくれたのだ。

時には朝から元気よくダンス付きで歌っていることもあった。飼い犬の欲目かもしれないが、アイドルになれるんじゃないかってくらいとても可愛らしかった。

愛が英語教室の日を楽しみにしていたように、私にとってもその日は楽しみだった。なぜなら英語教室が終わった後の迎えに、ご両親と一緒に私も行くのがいつもの決まりだったからだ。授業が終わると愛は真っ先に私に向かって走ってきて、ぎゅっと抱きしめてくれた。

——愛の笑顔と歌声。

どちらも私の大好きなものだった。

でも今はその両方とも遥か彼方にある……。

愛の『ＡＢＣの歌』が恋しい。

なぜあれだけ愛が好んであの歌を歌ってくれたのか理由は分からないが、今とても、傍で歌って欲しいと思った。

その歌声を耳にしただけで、きっと今の寂しさは吹き飛んでしまうだろう。

ただ、それもかなうことはない。

私はあの時、すべての望みを絶たれてしまったのだから。

そして、今もなんだかその時と同じくらいの悲しみに包まれている気がした。

「……ああ、まだ今日は冷えるな。もう梅雨が明けたって言うのに」

リンダがからっぽの空を見つめて言った。確かにもう夏はすぐそこまで来ている。しかし今日は夜になって肌寒さをひしひしと感じた。吹きつける北風のせいかもしれない。いくら私がこの毛皮に身を包まれていようとも寒いものは寒かった。毛はもう夏に向けて生え変わっている時でもあったから。

「さあ、寝よう寝よう。明日のことは明日考えよう」

からっと明るい声を出してリンダはそう言うと、くたびれたダウンジャケットを布団代わりにしてゴザの上に寝転び始めた。

「くそぅ、まだ風が入ってきやがる……」

そして冷えから逃れるために小さく丸まる。

私はその背中をしばし見つめた。

それからある行動に出た――。

「おお、わんこどうした？」

私はリンダの傍に寄り添った。

ぴったりとくっつくようにして、寝転んでみたのだ。

「なんだなんだ、俺とくっついて汚れちまっても知らねえぞ」

そんなことはないだろう、大丈夫さ。

「こんなに高貴そうな毛並みしてこんなところで寝るなんてなあ」

ああ、この金色の毛並みは自慢なんだ、ご主人様がブラッシングをしてくれたおかげだから。

「ったく、お前、甘えんぼなんだなあ」

いや、そういう訳ではない。

リンダお得意の勘違いが始まったね。

「あったけえなあお前は……」

でも、まあ今はそういうことにしておいてもいいだろう。

「ありがとうな、わんこ……」

リンダはそう言って、私のことを抱きしめるように手を添えた。

ありがとうを言うべきは、私の方だよ、リンダ。

あのクリームパン、とても美味しかったんだから。

○

次の日、先に目を覚ましたのは私の方だった。リンダはまだ隣でぐうぐうと寝ている。風はやんでいた。外で眠りにつくなんて初めての経験だったが、意外と快適なものだった。私にとっては元からそんなに苦ではなかったのだろう。

眠りについている間、夢を見ていた。その夢の中で愛は『ＡＢＣの歌』を歌っていた。私にとっては子守唄のようなものでもあったのだ。あの歌を隣で愛が歌うのを聴きながら過ごしている時が、私は一番安心することができたのだ。だからきっと、眠る度に思い出してしまうのかもしれない。

夢にまで見て、会いたい気持ちは切に募った。

でも、会いに行くことはかなわない。私はどうすればいいのだろうか。

今日は私にとって最後の一日である。正確に言うと、最後の半日だろうか。一晩経っても答えなんて出なかったけれど……。

――んっ？

ふと、視線が向いたのは、たまたまリンダのポケットからこぼれ落ちた一枚の写真を見つけたからだ。そこにはスーツを着た今よりも随分若いリンダが写っている。それに、リンダと同じくらいの年齢の女性と、小さな女の子が隣にいた。

……もしかしてこれは、リンダの家族の写真だろうか。

私はそのまま、写真の中で笑うリンダの表情を、時間を忘れてじっと見つめてしまった。

「ふわぁ……、なんだ、わんこはもう起きてたか」

起き抜けにあくびをしてからリンダが言った。

そしてすぐにポケットからこぼれ落ちていた写真に気づく。それに、私がその写真を熱心に見ていたことにも。

「いい写真だろ?」

リンダはニカッと笑って言った。

でも、その瞳の奥底にはやっぱりほんの少しだけ寂しさが混じっているように思える。

「気立てのいい奥さんで、その奥さんに似て美人な娘も生まれて、あの頃は幸せだったんだけどなあ……」

奥底にあったはずの寂しさがじわりと表面上に染み出てくる。

「もっと家族ともちゃんと話せばよかったんだろうな。仕事クビになってからは自暴自棄になって酒に逃げちまって……。家族のために生きてたはずなのにいつの間にか見失ってた。あれほど自分の居心地のいい場所なんてなかったのに……」

リンダはそう独り言のように小さく言って、私のことを見つめた。

「なあ、わんこ、お前にも居心地のいい場所はあるのか?」

私の居心地のいい場所……。

「ちゃんとお前の帰るべき場所があるなら、俺はお前にそこに戻ってほしいと思うぞ」

私の帰るべき場所……。

「だって、それが一番なんだ。自分の居場所ってものは大事にした方がいい、そしてその居場所に一緒にいてくれる人はもっと大事にした方がいい。後から悔いてももう遅いんだぞ。なあ、わんこ……」

リンダは、最初に出会った時とおなじように、まるで私が人間であるかのように対等な目線でそう言った。

私の居心地のいい場所、帰るべき場所は――。

その時、声が聞こえた。

「おーい、林田《はやしだ》ー！　飯もらって来たぞー！」

私は立ち上がって声がした方を見に行くと、そこにはリンダと似た風体をした男がいた。

「うわっ！　林田が犬になっちゃった！」

「馬鹿言ってんな！　俺はちゃんとここにいるぞ！」

今度はリンダがやってきて言った。

するとその男はリンダのようにニカッと笑って、「おぉ、安心したぁ」と言った。

「なぁわんこ、俺の心配はいらねえからな。ご覧の通り、家族はいなくても俺と似たような仲間はいるんだよ。だからここの生活は貧しいけどそんなに悪いものじゃねえ、安心してここを出てっていいんだぞ。俺は大体このあたりにいっからよ。もしも会いたくなったらまた会いに来い。なっ、お前は本当に利口な犬だから、俺の言うことも大体分かってるんだろ？」

リンダは、私の目をまっすぐに見つめてそう言った。

——ああ、私は利口な犬だからあなたの言うことは分かるよ。

そして、だからこそあなたが優しい心の持ち主だということも分かるんだ。

昨日の夜あなたに出会っていなければ、私は一晩中、風の冷たさと寂しさに打ちひしがれて震えていただろう。最後の一日をただの後悔で終えてしまうところだった。

でも、あなたが私を救ってくれたんだ。おかげで私は寂しくなかった。リンダが傍にいてくれたから。

私は、体をぶるぶるっと一度震わせてから一歩目を歩み始める。

「なんかあったらまた来いよ！　今度は前よりもっと美味いパンやるからなー！」

河川敷を離れて歩きだした私に向かってリンダは別れの言葉をかけた。

「じゃあな、わんこ！　達者でなあ！」

リンダは手をぶんぶんと振って私のことを見送る。

さよなら、リンダ。

それとも林田さんと言った方がいいのかな。

いや、でもやっぱり私にとってはあなたはリンダだ。

私を救ってくれた、大切な恩人。

寒い夜に柔らかな毛布をかける以上の温もりをあなたが与えてくれたんだ。

ありがとう、リンダ。

お別れの言葉は、「さよなら」よりも「ありがとう」の方が、私たちの出会いにはぴったりかもしれないね。

○

――私に残されているのはあと数時間といったところだろうか。でも、愛との再会を果たすには十分な時間が残っているともいえる。

愛は私の死を知っている。つまり元からちゃんとした別れを告げる時間がたっぷり残されている訳ではなかった。

今は多くを望まない。

ただ一目、もう一度だけ会いたかったのだ。

そして、『ジェイ』と私の名前をもう一度呼んでほしかった。

それだけで良かった。それだけでもう充分だった。

きっとその一瞬だけだったら、かろうじて私の体もこの世界に留まってくれるだろう。

それくらいのささやかな希望だけを胸に私は走っていた。その間も、今までの大切な思い出が胸の中を駆け巡っていた。

旦那様と奥様と三人で過ごした十年間も楽しかったけれど、愛が生まれてからの六年間はまた特別なものだった。

愛が生まれた六年前から、ずっと私は愛の隣にいた。まだ生まれたての愛と並んで写る私の写真もいくつかアルバムの中にある。私は愛とともに時を過ごし、老いたのだ。私の隣に愛がいるのが当たり前であり、愛の隣に私がいるのが当たり前だった。

だからこそ、最後の再会は愛に会いに行かなければいけなかった。

たとえそれが一瞬の出来事だとしても、それは迷うこともなく、当然のことなのだ。

私にとっての帰るべき一番居心地のいい場所は、愛の隣に他ならないのだから――。

アスファルトを蹴り、走った。

時折、通行人の視線が私にぶつかるが今はそんなことは気にしていられない。

ただ私は走った。

愛の痕跡が残る場所へしらみ潰しに向かった。

初めて散歩をした道。

馴染みの公園のベンチ。

新しい首輪を買ったペットショップ。

愛とかくれんぼをした公園のすべり台。

愛の好きなチューリップが咲く花壇がある通り――。

走って、走って、走り続けたが、疲れなんてなかった。

ただ私は会いたかったのだ。

そして、あの日のように愛の匂いを捜した。

鼻の先の集中を切らすことはなかった。

どうか、この想いが届くなら愛のもとへと私のことも届けてくれ。

私は、愛に会いたいんだ――。

――その時。

愛の、匂いがした。

風の中に混じったその匂い。

間違える訳がなかった。

私の大好きな匂い。

あの日と同じ、愛の匂い。

――愛。

愛がいたのは、自宅から少し離れた国道沿いの通りだった。その道路わきの歩道を一人で歩いている。思えば今日は土曜日、愛が英語教室に行く日だった。きっと一人で向かっていたのだろう。私に訪れた千載一遇のチャンスだった。

――愛！

ただ、二車線の国道を挟んだ反対側に愛がいる。向う岸へ渡るタイミングはなかなか見つからなかった。私がここでさよならの向う側にいた時のように、愛の名前を呼ぶことができたら、すぐに気づかせることができただろう。

けど、今はそうすることもかなわない。私に残されたのはただ吠えることだけだった。

「ワンッ！　ワンワンッ！」

通りを走るバイクの排気音に私の声がかき消される。

なかなか愛は振り向いてくれない。

今しかこの最後の再会を果たす機会はない。

この喉が潰れてもいいから吠えるしかなかった――。

「ワンッ！　ワンワンッ！」

愛、私はここにいる。

「ワンッ！　ワンッ！」

こっちを見てくれ、愛――。

私は、ここにいるんだ――。

あっ。

愛が、こっちを向いた。

私の声が、届いたのかもしれない。
けど、愛はまだ何がなんだか分からないような顔でこっちを見ている。
私の体に変化はまだ何も起こっていなかった。
消えることなく、体はまだ現世に留まっている。
ささやかな希望は継続されているのだと思った。
しかし、愛が突然——。
「……！」
——道路を横断しようと走り出した。
ちょうど車の往来がなくなった瞬間だった。
でも、わき道から新たに出てきたトラックが迫ってきていた。
愛にはその車が見えていない。
トラックは小さな愛の存在にまだ気づいていないのか、スピードを緩める気配はない。
このままでは、危ない。
トラックが迫る。
愛が、轢《ひ》かれてしまう——。
「——ワンッ！」
その瞬間、私は地面を思い切り蹴って稲妻のように飛び出した。

無我夢中だった。

ただ体が勝手に反応していた。

愛の目前にトラックが迫ってきている。

クラクションが鳴り響く。

届け、届け——。

私しか、愛を守ることはできない。

旦那様にも言われたことだ。

私は家のナイトなのだから。

私が、愛を守らなければ———。

——ごぉぉっ、と濁流のような音が目の前で駆け抜けた。

トラックが目の前を通り過ぎた音だった。

間一髪だ。

私はなんとか身を挺《てい》して愛を元の歩道へと押し戻すことができた。本当にギリギリだ。お互いに傷の一つもないが、愛は私のタックルの衝撃を受けて歩道に倒れている。

そして今、目を開けようとしていた。

これで、愛は目の前で私の姿をしっかりと捉えるだろう……。

私は、この終わりを受け入れていた。

最後に私は愛を守ることができたのだ。

最後に目の前で別れを告げるとしよう。本当は、もう一度ぎゅっと抱きしめて『ジェイ』と名前を呼んで欲しかったけれど。

でも、そんな素敵な終わり方まで期待してはいけない。

これで、十分だ。

思ってもみなかったくらいの幸せな結末だ。

本当に、私はこの十六年間、幸せだったんだから——。

——そして、愛と私の視線が重なった。

「あ……」

しかし、愛が言葉を発しようとした瞬間、ある声が横から聞こえた——。

「——この子はゴンです。お嬢さん、お怪我はありませんか？」

すぐ傍にやってきた男の人がそう言った。

私は目を丸くして、その相手のことを見つめた。

——谷口さんだ。

あのさよならの向う側にいた案内人さんが、やってきていたのだ。隣には常盤さんもいる。

そして、私のことをゴンという別の名前の犬のように紹介したのだ。

「……ゴン？」

愛が不思議そうな顔をして言った。

「ええ、私の飼い犬なんです。ゴールデンを略してゴン。利口な子でしょう？　それにしてもお嬢さんが無事で良かった」

案内人さんがそう言って微笑《ほほえ》んだ。

「ゴン……」

愛はまだ不思議そうな顔をしている。

それから私の顔をゆっくりと見つめた。

「ゴン、ジェイにそっくりなの」

愛は、谷口さんの言葉によって、私をゴンという別の犬だと思い込んでいるようだ。私が現世から姿を消していないことが何よりの証拠だった。

——ある意味、盲点だった。同じ人間であれば、いくら別の人の名前を言って別人の振りをしてもごまかすことなんてできないだろう。でも犬であれば、同じ犬種なら人間と違ってそれぞれの見た目に大きな差はないから、わずかな時間であればごまかすことも可能だったようだ。

同様に、車道を挟んで愛が私の姿を見かけた時、私の姿が消えなかったことにも説明がついた。あれは愛が私とよく似た犬を見つけたと認識したからだったのだ。それにしてもゴールデンを略してゴンだなんて安易な名をつけられた気もするけれど……。

「そうなんですね、ジェイもきっとお利口なワンちゃんだったんでしょうね」

「うん、そうなの、とってもいい子なんだよ」

愛はそう言ってからとても悲しそうな顔になって言葉を続けた。

「……でも、もうしんじゃったんだけどね」

「……よかったら、ジェイがどんな子だったか私たちに教えてくれませんか？」

谷口さんがそう言った。

愛は、こくんっと頷く。

「わたし、ジェイがだいすきだった。いちばんのなかよしだったんだもん。わたしがねむれない夜はジェイがおふとんの中に入ってきてくれてね、だからいつもさみしくなかったの」

愛のまんまるな瞳が、私を見つめている。

「……でも、いまはさみしい」

そして、その瞳から宝石のような涙がこぼれ落ちた。

「……夜ねむるまえも、朝おきたときも、ジェイがとなりにいないんだもん。お父さんとお母さんはジェイはすごくながいきしたからしあわせに天国にいくんだよって言ってたけど、……やっぱりわたしは、ジェイがいなくなっちゃってすっごいさみしい……」

涙が、止まらなかった。

「さみしいよ、ジェイ……」

――また私が、君をそんな悲しい顔にさせてしまったね。

ごめん、でも、もう泣かなくていいんだよ。

こうやって再会をすることができた。

それに、君と過ごした六年間は本当にかけがえのないものだった。

私は天寿を全うしてこの世界にお別れを告げたんだよ。

幸せだったんだ――。

「ジェイ……」

私は、そんな想いを少しでも伝えたくて、愛の顔に自分の顔を寄せた。

そして、愛の頬をぺろっとなめて涙を拭う。

「……ありがとう、あなたおりこうさんね、本当にジェイとそっくり。ジェイもわたしが泣いちゃったとき、そうやってなぐさめてくれたんだよ」

愛がそう言って、少しびっくりしたような顔をした後、小さく笑った。

よかった、笑ってくれて。

私は、君のその笑顔が大好きだから。

ああ、またこうやって愛の笑顔が目の前で見られるなんて思わなかった。

これで、もう思い残すことは本当にないかもしれない。

谷口さんが別の犬の振りをさせてくれたおかげで、最後にこうやって面と向かって愛と話すことができたのだ。

そこで、ずっと黙っていた常盤さんが、一歩前に進み出た。

そして私に秘密のサインを送るように目配せをしてから、愛に言った――。

「――もしよかったら、ゴンのことをジェイだと思って話しかけてみてはいかがですか？」

「えっ？」

愛がびっくりしたような声をあげた。

それは私も一緒だ。

そして谷口さんも一緒だった。

常盤さんがそんなことを言うなんて、思ってもみなかったようだ……。

「そんなにそっくりだったら、もしかしたらゴンはジェイの、例えば兄弟だったりするかもしれないと思ったんです」

「そうなの？」

愛の言葉に今度答えてくれたのは、谷口さんだった。

「……確かに、今この間だけゴンにジェイの魂が乗りうつったりしてくれているかもしれませんね」

「たましい？　のりうつる？」

愛が不思議そうに問い返したので、谷口さんは言葉を分かりやすいものにして伝え直す。

「すこし難しかったかもしれませんね。でも、私たちが言いたいことは、今のお嬢さんの言葉が、この子を通してジェイに届くかもしれないってことです」

「ジェイにとどく……」

愛は、確かめるようにその言葉を繰り返した。

「ええ。もしもまだジェイに伝えられていない想いがあれば、この子に言ってあげてください。その想いはきっと届くはずですから」

それから愛は、二人の案内人さんの言葉をちゃんと理解したのか、こくんっと頷いてから言った。

「ジェイ……」

愛が、私の名前を呼んだ。

もう、二度と呼ばれることなんてないと思ったその名前。

なんで名前を呼ばれるのってこんなにも嬉しいのだろう。

自分がちゃんとここにいるってことが分かるからだろうか。

本当に、本当に嬉しい。

大切な人に名前を呼ばれるのは、どんなことよりも――。

「ジェイ、ありがとうね。……さみしがってばかりじゃだめだよね。わたしがずっと泣いてたらジェイしんぱいして天国にいけないもんね」

愛は、もう泣いてはいなかった。

私の大好きな、にこにこの笑顔を見せてくれていた。

——ありがとうを言うのは私の方だよ、愛。

夜眠る前も、朝起きた時も、君がずっと傍にいてくれたから私もずっと寂しくなかったんだ。

毎日一緒に散歩をしてくれたね。男の子の友達から誘われても、ジェイの散歩があるからって言ってくれた時は嬉しかった。別に嫉妬をしていた訳じゃないけれど。

歳を取って、私が時折体を重そうにしている時は、歩調を合わせてくれたね。おやつのジャーキーも奥様に内緒で時々多めにくれた。

ありがとう、愛からこっそりもらうジャーキーはなんだか少しだけ悪いことをしている気がして特別な味がしたよ。

もうここ最近、眠ることが多くなった私にずっと寄り添ってくれていたね。

ソファに一緒にいる時は、優しく撫でて子守唄のようにあの『ＡＢＣの歌』を歌ってくれたね。どんどん発音がよくなっていく姿に、私もびっくりしたよ。

それにこの世界の中で色んな素敵なことを発見する君には、私はいつも驚かされていたよ。

これからも私に色んなことを教えて欲しかった。

そして、君の成長する姿を隣で見ていたかった。

今日でおしまいみたいだけどね。

でもね、私は幸せだったよ。

きっと日本で、いや、世界で一番幸せなわんこだった。久河家の一員になれて私は本当に幸せだったんだ――。

「ジェイ、だいすきだよ。わたしがうまれたときからずっとジェイはわたしのとなりにいてくれたんだもん。だからこれからもね、ジェイはずっとわたしといっしょだよ。わたしのとなりにはジェイがいて、ジェイのとなりにはこれからもずっとわたしがいるんだから」

それが何よりも嬉しい言葉だった。

私にとって一番居心地のいい場所は、愛の隣だったから。

私にとっての「しあわせなにおい」は君が傍にいてくれた時の匂いだから――。

「あのね、ジェイ、わたしジェイに言ってなかった見つけたことあるんだよ。わたしがうたってた歌おぼえてる?」

愛がにこっと笑って言った。

どういうことだろう?

私は愛の言っていることにまだピンときていない。

でもそこで、愛はあの歌を歌い始めてくれた。

「エー、ビー、シー、ディー……」

『ＡＢＣの歌』だ。

私の好きな曲。

私の大好きな愛の歌声だ。

「イー、エフ、ジー……」

もう一度この歌声まで聞けるなんて思ってもみなかった。

「エイチ、アイ、ジェイ……！」

――でも、そこで愛が歌うのをストップしてから、またにっこりと笑って言った。

「ほら、愛とジェイはとなりどうしなんだよ」


私も、その瞬間に気づいた――。

本当だ。

――アルファベットのＩとＪ。

愛の隣にはジェイがいる――。

愛は、ずっとこのことを教えるために私が一緒にいる時、この歌を歌ってくれていたんだね。

私は知らなかった。

こんなにも不思議で素敵なことってあるんだね。

こんなにも素晴らしいことを見つけられる君は、やっぱりとってもお利口さんだね。

「世界じゅうのどこでもわたしたちはずっととなりどうしだよ。だいすきよ、ジェイ」

そう言って、あの英語教室のお迎えに行った時のように、愛が私のことをぎゅっと抱きしめてくれた。


ありがとう、愛。

私の大好きな歌声をありがとう。

素敵な笑顔をありがとう。

君の発見は、いつでも私を笑顔にさせてくれるよ。

こんなにも素敵な最後が待っているなんて思いもしなかった。

愛が大好きと言ってくれたように、私も愛のことが大好きだよ。

このライオンのような金色の毛並みを忘れないでいてね。

これからも私の名前を呼んでくれれば、すぐに君の隣に舞い降りるよ。

私は君を守る金色の騎士だから――。

第三話

真夏の夜の夢

夫の悟《さとる》が行方不明になってから二週間が経った。

悟の仕事はカメラマンだ。主な撮影地は海外。今は戦場カメラマンとして世界各地を飛び回っている。

悟が行方不明になってしまったのは、中東のとある紛争地域に赴いた時のことだった。突然連絡が取れなくなったのだ。しかし、その状況の中でも最悪のケースまではすぐに想定しなかったのは、以前にも二度ほど同じことがあったからだ。その時は後になって無事に発見された。だから今回もまた無事だろうと、希望を持ち続けていた。

そんな非日常的な事態の中で、私は今日も台所に立っている。なるべく変わらない日常を過ごすことで気を保っていたのだ。思い詰めて考え事をするのはよくないと分かっていた。そんなことをしても、ますます悪い想像が思い浮かぶだけだからだ。

今の私にできることは、彼が帰ってきた時の為の場所をちゃんと守っておくことだ。そして無事を祈って待つしかない。

その為の願掛けという訳ではないが、連絡が取れなくなってからは毎日、悟の好きなものをご飯に作っていた。悟は写真を撮ることの次に、美味しいものを食べるのが好きだったのだ。

今日はロールキャベツ。きっと悟が食卓にいたら、喜びの声をあげたはずだ。ロールキャベツを煮込むスープは、悟のお気に入りのトマトベースにしたのだから。

「よしっ……」

味を見てから、最後に胡椒《こしょう》を振って料理が完成する。白いお皿に赤々としたスープ。その中央に鎮座する飴色になったロールキャベツ。一人で食べるのがもったいないくらいの出来栄えだ。

「……」

でもなぜか私はそのまま、お皿からたちのぼる湯気を見つめてしまった。ふと考え事をしてしまっていたのか、それとも……。

その時、玄関の呼び鈴が突然鳴った――。

「宅配便かな……」

そうは思ったけど、何かを頼んだ覚えはなかった。誰かが家を訪ねてくる予定もない。答えは分からないまま玄関へと歩き出した。

すると、ドアを開けたところに待っていたのは、想像もしていなかった相手だった。

「えっ……」

「綾《あや》……」

眼の前にいる相手が私の名前を呼んだ。

こうやって家へとやってきて、私の名前を呼ぶ人は一人しかいない。

「悟……」

——そう、悟だった。

海外で行方不明になっていたはずの悟が、ドアを開けた先に立っていたのだ——。

「どうしてここ……」

私が言葉を最後まで言いきる前に、悟が私のことを抱きしめた。

「綾……」

悟はただ私の名前を呼ぶだけだった。

他に説明は何もなく、そのままぎゅうっと包み込むように私のことを抱きしめる。

「悟……」

私も悟を抱きしめ返した。

今はこの事態に理解が追いつかなくても、自然とそうしていた。

私もそうしたいと思ったのだ。

悟がいる。

今、私のこの腕の中にいる。

悟の温もりに、本当に久しぶりに触れた気がした——。

「……悟」

もう一度、彼の名前を呼んだ。

悟がそこにいるのを確かめるために。


——それは八月の盆の日に起こった、とても不思議な出来事だった。

○

私が悟と初めて出会った時、悟は地域情報誌のカメラマンの仕事をしていた。当時、私が働いていた洋食店に取材でやってきたのだ。

「もう少し、窓際に置いてください、そう……」

物静かで、丁寧な仕事をする人だった。細長い指先で触れる一眼レフのカメラは、アンティークの楽器のようにも見えた。音楽を奏でるように、パシャッとシャッターが切られるのだ。出来上がった写真は、目の前に並べられた料理よりも美味しそうに見えるから不思議だった。

「今日はありがとうございました」

仕事の終わりに、深々と頭を下げて彼がそう言った。私はその時の別れがなんだかとても名残惜しく感じて、「よかったらまた来てください、来週はカニクリームコロッケがおすすめなので」と、別れの挨拶よりもメニューの話をした。すると悟は、笑顔にまではならなかったけれど、真面目な表情を少しだけ崩して「そしたらまた来週来ます」と言ってくれた。

そして悟は本当に次の週にお店に来てくれた。今度は仕事ではなくただのお客さんだ。

「ありがとうございます」

カニクリームコロッケをテーブルまで運ぶと、悟は私にそう言った。テーブルで一人だけになった後、小さな声で「いただきます」と言ったのが聞こえた。

そんな風に過ごす悟の姿を見つめているうちに、私はいつの間にか惹《ひ》かれていたんだと思う。なかなかアプローチこそできなかったけれど、悟はお客さんとして何度もお店に来てくれた。最初は少なかった会話が少しずつ増えてきて、一緒の時間を過ごすのが当たり前になった。

最初にお店を訪ねてきてから半年後、私たちは付き合い始めた。それから二年が経って、お互いに口には出さないものの結婚を考えるようになっていた。

そんなある日、悟がある告白をした。

ずっと胸の内にしまっていた秘め事を明かすかのようだった。

「――戦地に赴く戦場カメラマンになりたい」

本当に、突然のことだった。でも実際のところ、予感が全くなかった訳ではない。悟がそういう関連の本を読んでいるのは知っていたし、テレビを見ていても国際情勢のニュースに関しては、ブラウン管をただ眺めるようなものではなく、真剣に画像を見つめていたのだ。

そしてこのタイミングで打ち明けたのも、悟なりの理由がちゃんとあったみたいだ。

「……綾との結婚を本気で考えた。でもそれを考えると、どうしても難しかった。……きっと君に酷い心配を何度もかけることになると思うから」

悟は私との未来を真面目に考えてくれているからこそ、このタイミングで胸に詰まった思いを打ち明けてくれたようだった。

「身勝手で、ごめん……」

そう言った悟の表情は苦しそうだった。辛そうだった。

私はその言葉を受けた時、頭の中にすぐ言いたい言葉が浮かんでいた。

だからこそ私は、彼の目をまっすぐに見つめて言った。

「だったら結婚しよう。私もその方が覚悟ができるから」

私の言葉に彼は目を丸くした。

そのまま私は言葉を続ける。

「そんな危険な場所に行くならさ、ちゃんと帰ってくる場所がある方がいいと思うんだ」

私は目を逸らさずに、悟をまっすぐに見つめる。

「その方がさ、これからそういう場所に行っても、ちゃんと無事に家に帰らなきゃって悟は思えるはずだよね」

「綾……」

私の名前を呟いた後に、悟は小さく頷いて、それから泣きそうな顔になった。でも結局、涙がこぼれるまでには至らなかった。彼なりに余計な心配をかけたくなかったのかもしれない。弱いところを見せたくなかったのかもしれない。そんな些細《ささい》な振る舞いにも、彼の強い意志を垣間見た気がした。

それから私たちはその日のうちに婚姻届を出して、その三ヶ月後には、悟は初めて戦場カメラマンとしての仕事をすることになった。

こんな経緯で今に至ったからこそ、私は必要以上に考え込むこともなく、自宅で悟の帰りを待つことができたのだ。

覚悟を持って、この場所を守り続けてきた。

それでも、連絡もなく突然、悟が家に帰ってくるとは思わなかったけれど——。

「美味いなぁ……」

そう言ってロールキャベツを食べる悟の顔をまじまじと眺める。やっぱり今の状況をうまく整理することができない。というか、目の前で起こっていることが夢なのではないかと、未だに疑っているほどだった。

「久々だよ、綾の作ってくれたロールキャベツ」

「……悟がいつ帰ってきてもいいように、ずっと悟の好物を作っていたから」

「そうなの？」

「……うん、行方不明になったと聞いた時から」

「そうだったんだ……」

悟はそう言ってから、その後には言葉を続けなかった。私も何か言葉を続けることはせずに、代わりに目の前の悟のことを見つめた。

――本当に、突然の帰宅だった。これまで悟が日本に帰ってくる時は、いつも事前に電話で連絡があった。何月何日の何時頃に着くと、空港に迎えに行く私のためにできるだけ正確に教えてくれたのだ。

でも今回は全く違う。急に家までやってきたのだ。料理を運ぶ前に何度か、なぜこんなに急に帰ってくることができたのか尋ねてみたけど、その理由は曖昧にして教えてくれなかった。ただ、行方不明になっていた件への対応となる各所への連絡は既に済ませているみたいで、その点の心配は要らないとも言われた。

悟がそう言うのだから、私はそれ以上訊くことはできなかった。ずかずかと踏み込んでいけない理由があったのだ。そこに悟の辛い出来事が隠されているのではないかと思ったからだ。戦地ではそんなことが往々にしてある。それがトラウマのようになっているとしたら、今はこれ以上掘り起こして訊くことはできない。後になって悟から話してくれる時が来れば、心ゆくまで聞こうと思っていた。

「ごちそうさま。美味しかったよ、ロールキャベツ」

悟が綺麗に平らげたお皿をテーブルの上に置く。満足そうな彼の表情を見ただけで、思わず私も嬉しくなった。突然の事態だけど、細かい理由のことは、一旦おいてしまってもいいと思えるくらいに今は、嬉しさの方が上回っているのは確かだった。

「最初に作った時、一つだけ中にお肉入れるの忘れてただのキャベツの塊になってるのあったよね」

「ああ、あったね」

思い出して話を始めた悟が言葉を続ける。

「あれはあれでスープが全体に染み込んでて美味しかったよ。ロールキャベツならぬオールキャベツだったね」

「オールキャベツ」

確かにお肉が入っていなくて全部キャベツだからその通りだ。こんなくだらない話だけど、二人だととても楽しいことのように思えてしまう。

「ちなみに昨日はカニクリームコロッケだったよ」

「えっ、そうだったんだ。それはもったいないことをしたなあ」

私の言葉に悟はとても残念そうな顔をした。やっぱりカニクリームコロッケは、悟の一番のお気に入りメニューなのだ。

「お店で初めて食べた時、本当に美味しかったからなあ。それに今あの味を再現できるのは綾だけだもんね」

私たちの出会いとなった洋食店は既に閉店してしまっている。でもその味をちゃんと私は引き継いでいた。もうお店で出すことはないけど、こうやって家で振る舞うことができる。それだけで私たちの出会いの瞬間をいつでも思い出せる気がした。

「懐かしいなあ……」

悟がどこか遠い目をしてから、違う何かを思い出したように言った。

「そういえば、あの時の記事が載ってる雑誌、まだあるかな」

「ええっ、何年も前のだから今更引っ張り出さなくてもいいよ」

私は自分の写真を見返すのが恥ずかしくてそう言った。撮影した当時も取材なんて初めてだったので、とてつもなく緊張していたのを覚えている。雑誌に掲載された後も、自分の顔だけはまともに見ることができなかったのだ。

「いや、今、なんだかもう一度見たいなって思ったんだ」

悟は既に動き出していた。そして一度自分の部屋へ行くとすぐに戻ってきて、テーブルの上に数冊雑誌を広げる。

「あった」

　そこに、当時の写真が載っていた。

「懐かしいな……」

　でも想像と違って、写真の中の私は緊張の顔色なんてなくて、よく笑っていた。というか当時の店主も、そして他のスタッフさんもみんな気持ちのいい笑顔で写っている。

　あの時の記憶が途端に呼び起こされたかのようだった。恥ずかしいなんて気持ちはすぐに吹き飛んで、純粋に懐かしむ気持ちが湧いている。

　そのまま雑誌のページをめくった。私が働いていた洋食店のことだけではなく、他のお店やイベントについての記事も載っている。悟に写真を撮られた人たちはよく笑っていた。近所の花屋さん。パン屋さんに並ぶ人の列。浜辺で遊ぶ子どもたち。どれもこれもが本当に屈託のない、いい笑顔をしていた。

「素敵ね……」

　悟は不思議な人だと思う。なぜなら悟は自分自身はそんなに笑わない人なのだ。無表情という訳ではないけどいつもニュートラルで、どちらかと言うと表情の変化に乏しい方である。それなのに悟は人の笑顔を撮るのがこんなにも得意なのだ。

　それはきっと悟のカメラマンとしての持ち味であり、特殊能力とまで言っても差し支えないものだろう。そんな不思議な能力を持っているところにも私は惹かれたのだ。

だからこそ、そんな彼が戦場カメラマンになりたいと言ったのは、私にとっても驚く部分があった。今まで撮っていた写真と正反対のものをこれから撮るのだと思ったからだ。でも悟は、今まで言い出さなかっただけでそんな気持ちをずっと胸の中に眠らせていたのだろう。そして正反対の柔らかな日常の写真を撮り続けているうちに、その想いはずっと強くなっていったのかもしれない……。

「あれっ、今日ってさ、もしかして……」

懐かしむように雑誌をめくっていた悟の手が、八月の特集号のページを開いた時に止まった。

そこに写っていたのは綺麗な花火の写真だ。

「……今日って木更津の花火大会の日?」

「あっ、そういえばそうかも」

私もそこで思い出した。駅前にも浴衣姿の人がいた。でもここ最近は悟が行方不明になったことで頭がいっぱいだったので、そんなことを気にする余裕もなかったのだ。

「観たいね、花火」

「うん、観たい」

「観に行こうよ」

私たちの想いはぴたりと合っていた。思ってもみなかったイベントができた。昨日までとは全く違う一日に胸が高鳴っている。こんな風にワクワクする時間がすぐに戻ってくるなんて思わなかった。

「楽しみだなあ」

悟が口に出して言った。

また私たちの想いはぴったりと合っていた。

目の前で流れる時間がとても穏やかに感じられる。

空にたたずむ入道雲が、柔らかなわたあめに見えるくらいに。

○

ただ、私も気が抜けていたのかもしれない。柔らかなわたあめに見えた入道雲がもたらしたのは、その姿から予想がつく通り、すべてを洗い流してしまうような大雨だった。しかもタイミングが悪いことに、その集中豪雨は花火大会の始まる一時間前からずっと降り続いた。

そして結局雨が止んだのは、花火大会の中止が正式に決定した三十分後のことだった。

――午後八時。さっきまでの雨模様の空が嘘だったかのように、今は星が見えている。もう遅いよ、と空に向かって言っても返事はなかった。

「……残念だったね」

今度は隣にいた悟に向かって言った。悟は本当に悲しそうに、皮肉にも晴れあがった夜空を見つめている。

「……まあ、自然が相手だから仕方のないことだよね」

悟はそう言ったけど、本当に仕方のないことだと、すべてを受け入れているようには見えなかった。

「また来年観ようよ、その時はきっと晴れているよ」

「そう、だね……」

悟の言葉の歯切れはとても悪かった。私の耳にかすかに聞こえるくらいにそう言って、小さく頷いただけだった。私が来年はきっと晴れているなんてなんの根拠もないことを言ったからだろうか。それとも来年までなんて今は待ち切れないからだろうか。

真意は分からない。そして尋ねることもできなかった。

それから悟が、何か思いついたような顔になって、ある提案をしてきた。

「花火が観られなくなったなら、今からやろうか」

「えっ？」

想像もしていなかった提案だった。

私の戸惑いをよそに悟は言葉を続ける。

「買ってこようよ、花火」

「手持ちの花火ってこと？」

「うん」

「何よそれ、急に……」

悟と二人で花火をしたことなんてなかった。それに私たちももう三十半ばのいい歳だ。そんな二人だけで花火をするなんて、想像するだけでもなんだか恥ずかしくなってしまう。

「いいじゃん、たまには」

「たまにはって、初めてだから」

「尚更いいよ。しよう、初めての花火」

何が尚更いいのかはさっぱり分からなかったけど、悟の心は既に固く決まっているようだった。こうなったら私が何を言っても無駄なのは分かっている。でも私は元々それ以上文句を言うつもりはなかった。

なぜなら、悟がこんなわがままを言うように遊びを提案するのは初めてだったのだ。だからとても新鮮な体験で、戸惑いこそしたけれど嬉しかったのだ。

――それから近くのスーパーに行った。シーズン真っ只中ということもあり、入り口すぐのところには花火のコーナーが設けられている。

花火を選んでいる悟の表情は童心に返っているようにも見えた。家に帰る足取りも軽い。私もつられて早足で歩いてしまう。さっきまで雨で花火大会が中止になったことに落ち込んでいたのが、嘘のようだった。

「よし、これでオッケー」

家に帰ってきてから花火を並べて、それからバケツに水を汲んで準備が完了する。花火は手持ちのものだけではなく、ちょっと豪勢な噴出式のものも買っていた。いそいそと準備をしている様子からしても、悟は本当に花火を楽しみにしているようだった。

「ほら、綾も」

そう言って悟が私に手持ちの花火を渡してくる。ライターを使ってかがんで火をつけてくれた。

「わっ」

途端に火花があたりに散り始めた。まずは黄色、それから緑、そして赤色にシャアアアッと音をたてて変わっていく。

「綾、こっちにも」

私の持つ花火が終わってしまう前に、悟は自分の花火の先を私の花火の先端につけた。今度はライターを使うことなく火花が繋がって、そのまま新しい花火が始まる。

その連鎖していく様子は、何か命が繋がれていくかのようだった。終わりを迎える前に、次へ次へと火が灯っていく。明かりを絶やさないように、生まれたての光が繋がれていくかのように――。

目の前に広がる光景は、昨日までとは全く別物だった。まるで別の世界を訪れたようだ。心が平穏で満たされている。この真っ暗闇の中に花火で色鮮やかな光が灯ったように、私の生活にもモノクロからはっきりと色がついたかのようだった。

——そして、三分の一くらいの花火を消化したところで、とある人が家の前を通りかかる。

「どうも、こんばんは」

「花火、とても綺麗ですねえ」

近所に住んでいて、よく挨拶もするおじいさんとおばあさんだ。それに今日はお孫さんの男の子も隣にいる。

「花火、一緒にやる？」

悟から先に声をかけると、男の子はほんの少し迷ったような顔をしてから「やりたいです」と表情を明るくして答えた。

男の子は夏休みに入ってすぐに、お母さんに送ってもらっておじいさんおばあさんの家に来たのだ。お父さんは随分前に亡くなってしまっているみたいで、夏休みの間のほとんどをこっちで過ごすのが毎年の恒例行事になっている。

私も悟も見知った相手だった。でも一年毎にしか会わないので、成長の早さに毎回驚かされてしまう。今は確か小学六年生。来年には中学校に上がると聞いていた。

「じゃあこれ持って、最初は地面に向けて……」

悟が丁寧に準備をしてあげて、それからライターで火をつける。

「おわぁっ」

新しい火花があがると、その明かりで男の子の嬉しそうな顔が浮かび上がった。

「円を描いたり、8の字を書いてみると面白いぞ」

悟がそう言うと、男の子もその通りにして、ますます明るい表情を見せてくれた。

その姿を見て、悟は何か思いついたのか、一旦家の中へ入っていく。それから次に庭に戻ってきた時には、手にカメラを携えていた。

「いいよ、そのまま」

男の子は新しい花火を手に持って笑っていた。それから花火の先端で、魔法使いのように空中に光の線を描いていく。

男の子の笑顔が、自然と周りに伝染していった。おじいさんが笑っていた。おばあさんも笑っていた。そして私も――。

その姿をパシャッ、パシャッと写真に収めているのは悟だ。その姿が地域情報誌のカメラマンとして働いていた時と重なる。やっぱり自分はそんなに笑わないくせに、こうやって他の人の笑顔を撮るのは誰よりも得意なのだ。

そして、カメラで撮っている様子が男の子も気になったのか、手持ちの花火が一段落すると、悟に向かってこう言った。

「カメラ、撮るの楽しいですか？」

「楽しいよ、良い被写体がいると尚更」

「被写体？」

「写真に写される相手ってこと」

悟はそこまで言うと、相手の心を読んだかのように提案をした。

「カメラ、やってみる？」

花火を勧める時とほぼ同じニュアンスでそう言うと、男の子が「やりたいです」と花火の時と同じ言葉で答えた。

それから悟は、普段は周りの人にもほとんど触らせないはずの仕事用のカメラを、なんの躊躇《ためら》いもなく男の子に手渡した。

「ちゃんとストラップを首にかけて、それからしっかり構えて。それでファインダーを覗き込んで被写体を捉えて、自分のタイミングでシャッターのボタンを押すんだ。暗いところはシャッター速度が遅くなるから、ちゃんと腕を固定して」

花火をつける時よりも随分詳しく説明して、それから男の子の頭を撫でた。

「とっておきの花火をつけるから、ばっちり写真に収めてくれよ」

そう言って悟が花火の入った袋から取り出したのは、スーパーの中では一番値が張った噴出花火だった。

「綾もちゃんと見ていて」

私に向かってそう言ったので、こくりと頷く。私としてもその花火をこのタイミングでするのは一番相応《ふさわ》しいと思っていた。

「それではみなさん、ちゃんと距離をとってくださいね」

そう言ってから悟が導火線に火をつける。

かすかな火の光が、瞬く間に大きな火花に変わった――。

「わあっ」

私も、男の子と似たような声をあげてしまった。でも、私だけではなく他の人たちも同じだった。

みんなが笑顔でほとばしる火花を見つめている。

火花は鮮やかに、そして自在に、その色と形を変えていく。

男の子も、おじいさんも、おばあさんも、私も、そして悟も、みんな穏やかに笑ってその光の行く末を見つめていた。

それはあまりにも穏やかな光景だった。

そして幸せで、平和な空間だった――。

いつまでこの日々が続くのかは分からない。まだ今日始まったばかりなのだ。

昨日まではずっと張り詰めた日々だった。こうやって突然日常が変わったように、またこの穏やかな時間も突然変わってしまうのだろうか。

上に噴き出された火花は弧を描いて地面に着くと消えてしまう。その光景はなんだか雨のように見えた。

でもこの火花は、水のように循環することはない。

地面に落ちて、跡形もなく消えるだけだ。

「……」

ほんのわずかな儚《はかな》さが胸に去来したのは、この一瞬で終わってしまう花火のせいだろうか。

まだ暑さは続くのに、夜はどうしても夏の終わりを感じる。

泣きたくなるくらいに美しい夏の夜は、あっという間に更けていった。

○

花火が終わった後は、さすがに疲れも溜まっているだろうからすぐに眠ってしまうかと思ったけど、その予想は外れた。それどころかもう一度街へと出て、商店街にあるお店へと来ていたのだ。

「これ、とある映画好きの人がオススメしてくれたんだ」

そのお店は居酒屋とかではない。二十四時間営業のレンタルビデオ店だった。お盆の時期ということもあるのか、午後十時近いというのに店内は比較的人で賑わっている。

「ああ、『パルプ・フィクション』と『ショーシャンクの空に』は全部貸し出し中か。でも『フォレスト・ガンプ』は一本残っていて良かった」

悟はそう言って『フォレスト・ガンプ』だけを借りた。

そして家に帰ると早速、映画の上映会が始まった。

「悟は疲れてないの？」

本編が始まる前の予告の映像が流れている間、私は心配の意味も込めて尋ねた。彼が戻ってきたのは今日の昼間、それからずっとフル稼働している状態なのだ。

そしてこのまま二時間超えの映画を観るようである。終わる頃には午前一時を過ぎてしまう計算だった。

「うん、疲れは全然感じてない。綾は眠くなったら無理しないで」

悟はそう言った。雰囲気からしても、本当に無理はしていないようだった。そして『フォレスト・ガンプ』の本編が始まる——。

サブタイトルに『一期一会《いちごいちえ》』とあるように、これは出会いと別れの物語のようだった。そして人生の物語だった。

さまざまな困難に遭いながらも主人公のフォレスト・ガンプは足の速さでアメフトの選手に選ばれたり、会社を設立したり、数奇とも奇跡ともいえる人生を過ごしていく。

作中にはベトナム戦争のシーンもあった。物語の中では凄絶な戦時下の状況が多く描かれている訳ではない。あくまで物語の一部としてそのシーンがあっただけだ。でも、その映像を見ている時の悟の表情は、他のシーンを見ている時とは違って見えた。映像の中の登場人物、ダン中尉を見つめる視線が真剣そのものだったのだ。

きっと、戦場カメラマンの自分の仕事のことを重ねていたのだろう。

私は何も言えなかったけど、真剣に画面を見つめる彼の手を握った。そうすると悟も手を握り返してくれた。

――そしてエンドロールが流れる。

観終わった後に私の心に一番残ったのは、主人公の母親の言葉だった。

『人生はチョコレートの箱　食べるまで中身は分からない』

まさにその言葉を表しているような、素敵な物語の映画だったのだ。

「面白かったね、ジョン・レノンとかエルヴィス・プレスリーまで出てくるなんて思わなかった」

「もしもああいう出会いが本当にどこかであったら、って思うと面白いよね」

「うん。悟にオススメしてくれた映画好きの人がいなかったら、私たちもこの作品を観られていなかったもんね、出会いのおかげだね。ちゃんとお礼を言わなきゃ」

「うん、その通りだ。……お礼はちゃんと言っておくよ」

ほんの少しだけ歯切れが悪く感じたけど、悟はそう言ってデッキからビデオを取り出した。

それから私が伸びをしながらあくびをすると、彼が見計らったかのように言った。

「そろそろ寝ようか」


――寝室に移動して、布団の中に入った。さっきあくびをした通り、私は今にも眠りに落ちてしまいそうだったけれど、悟は違うようだった。まだ眠気が訪れていないみたいで、目を開いたまま天井をじっと見つめている。

「寝ないの？」

「……寝たら朝が来ちゃうからさ」

悟は本当に名残惜しそうに、そう言った。

「起きてても朝は来ると思うけど」

「それは確かにその通りだ」

悟は納得したように穏やかに言ったけど、まだ目を瞑りはしなかった。

「……」

今、悟が何を考えているのかは分からない。もしかしたら戦地での出来事を思い出しているのかもしれない。そのせいで眠ることができないのかもしれない。

だとしたら私は、そんな想いをほんの少しでも背負ってあげたかった。家に帰ってきてまで一人ですべてを抱え込んでは欲しくなかった。

だから私は、今までずっと訊けなかった話をこのタイミングで初めて尋ねてみることにした——。

「……仕事は、大変だった？」

まだ一度もその話をしてはいなかった。訊いてはいけないような雰囲気があって、だからこそ避けていた。悟はそのことから離れるためにも、さまざまなイベントに没頭して取り組んでいたようにも見えたから。

「……ああ、大変だった。凄く」

消えいるような声でそう言ってから、悟は淡々と呟くように言葉を続ける。

「……でも、誰かがやらなければいけない仕事なんだ」

声量こそ小さかったけれど、その言葉には強い意志がこもっていた。

「……」

その時、私は悟が以前に教えてくれた言葉を思い出していた。

——平和とは、戦争と次の戦争の間の隙間のこと。

その言葉の強烈さは、今でも私の胸に強く残っていた。初めて聞いた時、ナイフで突き刺されたように私の胸の中に入ってきたのだ。平和とは、そんなにも脆《もろ》いものなのだ。そんなにも儚いものなのだ。

悟もその言葉を初めて聞いた時、私と同じように、いやそれ以上に、その言葉を強く受け止めたのだろう。だからこそ、そこからの行動は違ったのだ。

その言葉につき動かされていた。そして悟は戦場カメラマンとなったのだ。

「……この仕事が自分の使命のようなものだと思っていた」

悟は私の顔は見ずに、天井に向かってそう言った。過去形となっているその言葉にどんな意味が込められているのかは分からない。ほんの少しの後悔も含まれているのだろうか。私もその言葉は既に受け止めていたつもりだった。受け入れていたつもりだった。でも今、悟の手は震えている。私はその手をさっき映画を観ていた時と同じように握った。

ただ、今はすぐにその手を握り返してはくれなかった……。

悟は、天井を見つめたまま言葉を続ける。

「でも、どんな仕事でも使命はあるんだと思う……。いや、仕事だけではなくて、他のどんなことにも、どんな時にも、誰にでも……」

今にも消え入りそうな声だった。私は手を握りながら聞き続ける。悟がまた握り返してくれるまで。今はただ、そうしてあげたかったから——。

「……最後まで、身勝手でごめん」

悟の声が震えている。最後まで、という言葉の意味が私にはよく分からない。もう戦場カメラマンの仕事はこれっきり、ということだろうか。それにまた、身勝手でごめんと言った。今の仕事を選んだことを言っているのだろうか。それとも――。

「……」

分かってあげられないことがあまりにも歯がゆい。胸の奥にあるわだかまりのようなものは、いつまでも晴れてくれなかった。

今なんて言葉をかけてあげればいい。すぐには答えが浮かばない。だって今は、どんな言葉を使っても間違っている気がした。

「悟……」

だから私は、彼の名前だけを呼んだ。

そうするのが一番いいと思ったから。

そして、抱きしめた。

そうすることしかできなかったから。

やがて彼の手も声も、震えが止まっていく。

もう一度、悟の手を握った。

悟が、その手を握り返してくれた。

――そして、私たちはそのまま朝が来るまで眠りについた。

○

朝起きると、寝室に悟の姿はなかった。

「悟……」

昨日のことはまさか夢だったのだろうか、と突然一人になってまずそう思った。

だけど、寝床から出てすぐに気づいた。台所から何やら音がしていたのだ。慌てて向かうと台所に立つ悟の姿があった。

「おはよう」

悟から声をかけられる。でも、これはこれでまだ夢の続きを見ているかのようだった。なぜなら今まで悟が料理をすることなんてほとんどなかった。料理を作るのは私、食べるのと撮るのは悟だった。

でも今日に限っては、悟が食材やら調理器具やらをあたりに広げて料理をしていたのだ。

「……どうしたの、料理なんて急に」

「いや、たまにはいいかなと思ってさ。昨日は夜更かししたから綾にゆっくり寝ていてほしいと思ったし。でもちょっとだけ難点があって……」

そこで悟の声が自信がないように変わったのは気のせいではなかった。

「大失敗した」

そう言って悟が、白いお皿の上に載った料理を見せてくる。

「これは……」

私の声も途中で自信がなくなっていった。

「何……？」

実際その料理を目の前にしても何がなんだか分からなかったのだ……。

「カニクリームコロッケだよ」

言われてみると、それが既に中身が爆発したカニクリームコロッケだと分かった。ただ、どちらかというと、ドロドロとしたクリームと焦げたフライと申し訳程度のカニが合わさっている不思議な料理だった。

「……ぷっ」

そして未だにそれをカニクリームコロッケと呼んでいる彼のことが、なんだかおかしくて噴き出してしまった。

「カニ……ふふっ、ははっ」

笑い始めると止まらなくなってしまう。

「これがカニクリームコロッケ……、あははっ」

そんな私を見て、いつの間にか悟も笑っていた。

つられて笑ってしまったみたいだった。

「綾、笑いすぎだから」

でも、そうやって注意した悟もまだ笑っている。お互いツボに入ってしまったのだ。本当に自然な笑顔だった。普段あんまり笑わない悟の笑顔がこんな時に限って見られた。

私もカメラを持っていればよかったな、と思ってしまう。そしたら彼の素敵な笑顔を今、写真に収めることもできたのに。

「これから人の笑顔の写真を撮る時は、毎回このカニクリームコロッケを作るといいと思うよ」

「なんだかとてもばかにされている気がするよ」

彼がいじけるような顔を見せたので慌てて訂正した。

「ごめん冗談、でもさ……」

そして今、私は胸の中に湧き上がった言葉をどうしても悟にかけてあげたくなって、言葉を続けた。

「悟はさ、こんなハプニングが起きなくても、たくさんの人たちの素敵な笑顔の写真を撮れるから凄いと思うよ。私にはそれはできないことだから」

私は悟の目をまっすぐに見つめて、言葉を続ける。

「ずっと不思議だった。自分はそんなに笑わないのにあんなに人の笑顔を撮るのが上手いなんて。……私は悟が地域情報誌のカメラマンとして働いていた時に撮っていた写真も凄く好きだったよ。悟はなんていうかさ、人を撮るのが凄く上手いんだと思う。写真の中で人が生き生きとしているっていうか、写真の中でも人が生き続けているって感じかな。言い過ぎって思うかもしれないけど、私は本当にそう思ったんだよ。それは悟が戦場で撮ってきた写真を見ても同じだった。……本当のことを言うと私少し不安だったの。海外に行って悟の撮る写真が前とは全く別物になってしまったらどうしようって。……でも、実際見てみたら悟の撮る写真は変わらないままだった。悟は戦場でも、その場所で生きる人たちの写真を撮っていたから――」

「綾……」

「悟は戦場でもちゃんと目の前の人を撮り続けていたんだよね。私はそれだけで悟が変わらないままでいてくれることが分かって嬉しかった。……だから、私は悟の写真がやっぱり大好きだよ」

本当に素直な想いだった。そして純粋に悟の写真について話したのは初めてだったと思う。

今までそういうことについて話すのは避けていた。それこそ私が何か言って悟の写真が変わってしまうのが嫌だったから。

でも今は伝えたいと思った。

伝えなければいけないと思った。

それが何よりも、大切なことだと思ったから——。

「……綾に言われるまで気づけなかった。そんなにも大切なことに」

その瞬間、悟の瞳から一筋の涙がこぼれ落ちる。

私は笑顔以上に悟の泣いた顔を見たことがなかった。

「うぅっ……」

というか、初めてだった。

こんなにも少年のように、くしゃっとした泣き顔を見せるなんて思わなかった。

「悟……」

私にとってその姿はどうしようもないくらいに愛おしかった。

気づけば私は、彼のことを抱きしめていた——。

「あぁ、綾……」

彼が今どうしてこんなにも涙を流しているのかは分からない。色んなことを思い出してしまったのかもしれないし、色んな記憶や感情が溢れてしまったのかもしれない。

その理由は分からなくても、こうして抱きしめてあげることはできた。

悟の辛さや苦しさがほんの少しでもなくなるように、悟の心にほんの少しでも平和が訪れるように——。

「……カニクリームコロッケなんてさ、料理全然したことない人が挑戦するメニューじゃないからね」

今度は悟に、もう一度笑顔になってほしくてそう言った。

「……ああ、確かに無謀だった。……途中から自分でも何を作っているのか分からなくなるくらいだった」

「……ぶっ」

それを聞いてまた笑ってしまった。さっきのあまりにも無惨なカニとクリームの混ざった塊を思い出してしまったのだ。

「まあもう私がカニクリームコロッケは作るからさ、昼ご飯の時間にもちょうどいいし」

時刻は午前十一時半。夜更かしをしたせいで随分と起きるのが遅かった。

「……ああ、そうだね」

悟が時計を見てなんだか名残惜しそうに言った。本当はもう一度自分がカニクリームコロッケ作りに挑戦したかったのかもしれない。

でもここは私が一旦お手本を見せるべきだと思った。これからまた夜ご飯でも、明日の昼ご飯でも、再挑戦する機会はあるのだから。

「あっ、ていうかもう小麦粉も牛乳もないじゃん。これじゃカニクリームコロッケ作れないや。さては相当失敗したな？」

私が冗談っぽくそう言うと、悟がもう一度時計を見てから言った。

「……そしたらさ、俺が近くのコンビニまで行って買ってくるよ」

「ありがとう、じゃあ私はそれ以外の準備をしておくから。あっ、お菓子、カールあったら買ってきて。なんだか急に食べたくなっちゃった」

「分かった、あったら買ってくる」

「お金は持った？」

「持ったよ」

「家の鍵は持った？」

「持ってるって、子どもじゃないんだから」

「カニクリームコロッケの失敗で大分信頼が落ちたからさ」

「色んな意味で大失敗だったんだな」

そこでまた二人で笑った。

もう一度、悟の笑顔が見られた。

「気をつけて行ってきてね」

「うん、行ってくる」

もう一度――。

「行ってらっしゃい」

「……ありがとう、綾。行ってきます」

悟が、玄関の扉を開いて出て行った。


そしてもう二度と、悟が家に帰ってくることはなかった。

○

悟が亡くなったと連絡が入ったのは、それから二日後のことだった。

悟の遺体が中東のとある紛争地域で見つかったのだ。

夢というか、幻というか、何か狐《きつね》につままれたような、あまりにもおかしな出来事だった。

悟はあの日、コンビニに行くと言って家を出て行ったきり姿を見せなくなった。悟はあの二日間、いや、時間的なことをいえば前日の昼から翌日の昼までの二十四時間、確かに私と一緒に家にいたはずだ。

だとしたらあのわずか二十四時間だけ私のもとに戻ってきて、それからまた紛争地域に戻って亡くなったということだろうか。でもニュースにもなっていたのは、悟は行方不明の状況のまま遺体となって見つかったということだ。

悟は家に戻ってきた時には各所への連絡は済ませていたようだったが、実際はそうではなかったのだろうか。それともまた海外に戻ってすぐに行方不明になってしまったということだろうか。

だけどそれもどうしてもありえないと思ってしまう。だってコンビニに買い物に行くと言ってそのまま海外に行ってしまうなんて、とてもじゃないが考えられなかった。

何かこの一連の出来事を明確に説明してくれるような答えは、いつまでも見つからないままだった。

でも、その悟が残した謎が、私の悲しみをほんの少しだけはぐらかしてくれたのは確かだった。不思議なぼんやりとした感覚がいつまでも胸の中にあって、悲しみが全身を覆い尽くさないように守ってくれているみたいだった。

このことは誰にも話せていない。

悟が家に戻ってきたことを誰かに話しても、信じてもらえるなんて思わなかったからだ。

もしかしたら私だけが見た幻かもしれなかった。

悟はずっと紛争地域にいて、日本に帰ってきてなんていなかった。

きっと、私が見たのは、お盆に現れた幽霊のようなものだったのだ——。


遺体が日本に戻ってきて、葬儀も無事に終わった。ただ残念だったのは、悟の遺影となる満足のいく笑顔の写真が見つからなかったことだ。常に撮る側のカメラマンとしては盲点だったかもしれない。彼の笑っている写真は探してもなかなか見つからなかったのだ。

私としては後悔の残る結果になってしまった。

最後の別れとなったあの日も、彼は笑っていたのだ。

あの時、写真を撮ってあげればよかった。

そしたら今も、部屋に飾られた写真の中で、悟は笑ってくれていたはずなのに……。

――ただそんな失意の日々を過ごしていた中、ある人物が家を訪れた。


「こんにちは……」

前に一緒に花火をした男の子だった。

「今日、もう帰る日なんですけど……」

このお盆が明けてからも、ずっとおじいさんおばあさんの家にいたようだった。そしてわざわざ帰るタイミングで挨拶をしに来てくれたみたいだ。私は今できる限りの笑顔を作って彼のことを迎える。

「ありがとう、わざわざ来てくれて」

一緒に花火をしたのも、わずか十日くらい前のことなのに遠い過去の出来事に思えてしまう。

今はそのことを思い出さないようにした。思い出してしまったら、途端に涙が出てきてしまいそうだったから。

でも、男の子はすぐには玄関から去らなかった。

そして私に向かってこう言ったのだ。

「これ、借りたままだったので……」

そう言って彼が差し出したものを見て、私はハッとした。

堪えたはずなのに、不意にまた涙が出てきそうになった。

「カメラ……」

——悟の持っていたカメラだった。

思えばあの日、男の子の首にカメラをかけたままだった。すっかりそのことを忘れていた。

そして、彼が用意していたのは、それだけではなかった。

「これ、現像したのもあって……」

彼が取り出したのは、あの日花火をした時に撮った写真だった。

「綺麗に撮れてる……」

難しい夜の撮影のはずなのに、ちゃんと撮ることができている。

というか、悟の撮る写真に似ていた。

悟が教えたのだから当たり前のことだろうか。

その写真の中に、悟の存在を感じられるような気がした。

それが嬉しかった。

次の瞬間、私はある一枚の写真を見つけて声を上げてしまった——。

「これ……」

そこには、悟がいた。

でも、ただ写真に写っていた訳ではない。

笑顔だった。

その写真の中で、悟は笑っていたのだ——。

「最後の花火……」

あの噴出花火の時だった。

みんなで花火を見つめている中で、柔らかく笑う悟の顔を、カメラがぴたりと捉えていたのだ。

「悟……」


——どこを探しても見つけられなかった悟の笑顔の写真が、こんなところにあった。


「うぅ、うっ……」

私はその写真を手に持って、宝物のように抱きしめた。

今は私のことを抱きしめ返してくれることはないけれど、これだけでよかった。

薄い紙に温もりのようなものを感じた。

そこに悟の存在を感じられたのだ――。

「おかえりなさい、悟……」

――ようやくこの言葉を、心の底から言えた気がした。


――それから写真だけはもらって、カメラは男の子に譲ることにした。

そうやって受け継がれる方が、悟も望んでいる気がしたからだ。

あの花火の日も本当は悟は気づいていて、男の子の首にかけたままにしたのではないかと思っている。


男の子が撮ってくれた写真は、遺影として部屋に飾ることにした。

悟は、写真の中でずっと笑っている。

私はその写真を見つめて、悟との出来事をよく思い返す。

彼はあの日、確かにここにいた。

夢のような時間だった。

ただ彼は、私に会いに来てくれたのだ。

最後のさよならを言うために――。

――それは真夏の盆の日の幻のような、奇跡のような――、とても不思議な出来事だった。

第四話　てがみ

「……谷口さん、——谷口さん」

さよならの向う側の案内人、谷口の名前を呼んだのは隣にいた同じく案内人の常盤だった。

「……どうしましたか、常盤さん」

谷口はどうして声をかけられたのかが分からない。以前も突然名前を呼ばれたけれど、その時はうたた寝をしているタイミングだった。でも今はちゃんと起きていた。この場所でさよならの向う側の次なる来訪者を待っていたところだったのだ。

ただ一つ不可解な点があるとすれば、どれだけ待っても新たな人が訪れなかったことだ。待つのが嫌いではない谷口にとっては何も苦ではなかったが、気にはなっていた。もしかしたら隣にいた常盤は待ちくたびれてしまったのかもしれない。

だからこそ、世間話でも始まるのかと谷口は思ったけれど、常盤からは予想とは全く違った言葉が返ってきた。

「谷口さん、今はこのさよならの向う側に新しい方が訪れてくることはありません」

「えっ、それは一体なぜ……」

谷口が戸惑いの顔を見せる。そんなことは今までになかった。突然のことに訳が分からなかったが、その理由を常盤がすぐに明らかにしてくれた。

「谷口さんが役目を終えたからですよ」

「私が、役目を……」

「ええ、先日佐久間《さくま》さんが僕のもとを訪ねてきて、その旨を話してくれたんです」

「そうですか、佐久間さんが……」

佐久間とは、谷口の後輩の案内人である。また、常磐の恋人、如月《きさらぎ》の案内をした人でもあった。谷口にとっては長い間共にこの場所で過ごした、数少ない気の置けない同僚である。

その佐久間がやってきたのは知らなかったが、こうなるのは予期していたことでもあった。

谷口がさよならの向う側の案内人となったのは、最愛の妻の葉子《ようこ》との再会をするためだ。

その願いはもう叶えられていたうえに、案内人の後任となる常盤も見つけている。

谷口はもう充分立派に、案内人としての役割を務めあげたのだ。つまりこの時が来るのは、遅かれ早かれ当たり前のことだった。

――そこで、常盤が人差し指を一本立てて言った。

「……最後に一つだけお願いがあります」

条件ではなく、お願い。

常盤が言葉を続ける。

「僕一人だけでの案内をさせてもらいたいんです」

「常盤さん一人だけでの案内……」

谷口はそう呟いてから、なんの躊躇いもなく頷いた。谷口自身、その機会を待っていたのだ。常盤はもう充分案内人としての役割をこなしている。だからこそ、これからさよならの向う側の案内人として独り立ちするのなら、一人だけでの案内を谷口が最後に見届けるのは必然的なことだと思ったのだ。

ただ、その後に続いたのは谷口も思ってもみなかった言葉だった。

「ええ、そして僕が案内する人はもう決まっているんです」

「えっ？」

常盤は目の前に掌《てのひら》を差し向ける。

「谷口さん、あなたです」

「えっ？」

常盤は柔らかく笑って言った。

「次はあなたが、最後の再会をする番です」

あまりにも想像していなかった発言に、谷口の口からは遠い過去にも言った言葉が飛び出てきた。

「私がですか？」

◆

「常盤さん、いまいち言われたことの意味が分からないのですが……、なぜ今更私が最後の再会をすることになるのでしょうか。既に私はこのさよならの向う側で妻の葉子との再会は果たしていますし、最後の再会は一人一回、現世で過ごせるのは二十四時間だけと決まりが……」

そこまで自分自身で言って、谷口は「あっ」と口に出した。

谷口自身、完全に見落としていたことがあったのだ。

「私は現世に戻って最後の再会をしてはいない……」

その言葉に、常盤がこくりと頷く。

「その通りです。谷口さんは厳密には、ここを訪れた方たちのようには最後の再会をしていないんです。さまざまな事情は僕も佐久間さんから聞かせてもらいましたが……」

「なるほど、そういうことでしたか……」

気づいてから谷口は、今までのことをもう一度振り返る。

自分は現世で、葉子と結婚二年目の三十歳の時に亡くなった。それからこのさよならの向う側を訪れることになり、前任の案内人と出会った。谷口も最後の再会の話を出されたが、自分の死を知っている葉子とはルール上どうやっても会えないことから、現世に戻ることを固く拒んだ。そして紆余曲折を経て案内人を任されることになり、それから長い年月を重ねた末に、亡くなって目の前に現れた葉子とこのさよならの向う側で再会をした。

確かに谷口は、最後の再会をするために現世に戻ったことはなかったのだ——。

「盲点すぎて今まで全く気に留めていませんでした……」

「ええ、でも、案内人としてここで長い間を過ごした谷口さんにとっては、ぴったりの最後だと思いますよ。自分自身が最後の再会のために現世に降り立つなんて」

「それは私もそう思います。まるで押し入れの隅っこにしまってあった箱の中に素敵なプレゼントが入っていたのを見つけた時のようです。ただ、少し難点というか悩みどころもありまして……」

谷口が言葉を濁したのには理由があった。

「私が亡くなってからもう四十年も経っていますからね、今更現世で会う相手といっても、どうすればいいのか……」

ここで案内人としての役割を務めている間も、会いに行く相手に迷う人たちは何人もいた。だがしかし、こんなにも長い時間が経過しているケースは初めてである。昔の知り合いとの接点があまりにもなさすぎて、谷口自身もどうすればいいのかが分からなかった。

そこで常盤が、前もって準備していたかのようにある提案をした。

「谷口さん、少しこの方のお話を聞いてもらってもいいですか？」

「この方って……」

常盤が手を差し向けた方に現れたのは、谷口の最愛の妻の葉子だった。

「葉子……」

葉子とこのさよならの向う側で再会を果たしたのは約三ヶ月前のことである。

そして谷口が案内人の職を引き継いだ際には、二人で一緒に最後の扉をくぐる予定になっていた。

谷口の目の前に立った葉子は、胸に秘めた想いを告白するように、話しを始める。

「……私は、健司《けんじ》さんにどうしても会って欲しい人がいるんです」

「私にどうしても会って欲しい人……？」

谷口には、その答えが分からない。自分は会いたい人といえば、葉子しか思い浮かばなかった。それなのに葉子からしたら、どうしても会って欲しい人がいるなんて……。

そして葉子が、谷口の目をまっすぐに見つめて言った。

「——あなたの息子、寛司《かんじ》です」

「私の、息子……」

その言葉に谷口は大きく、それは大きく目を見開いた。

驚いた。そして信じられなかった。なぜなら谷口が葉子と過ごした二年ほどの結婚生活の間、子どもなんて一人もいなかったのだ。ずっと夫婦二人だけの生活を送っていたのに、自分の息子だなんて……。

「どういうことなんだろうか、私の息子とは……」

「健司さんが事件に巻き込まれて亡くなったあの日、私、体調を崩していましたよね。風邪を引いた訳でもないのに変だな、と思っていたんです。でもそれが一つの兆候で……」

「まさか……」

谷口の頭の中にも、一つの可能性が湧き上がっていた。

「……ええ、妊娠二ヶ月でした。当時の私も本当に驚きました。だけど健司さんを亡くした喪失感の日々の中に、明かりが灯ったようだったんです。だからこそ、一人で出産をすることにも子育てをすることにも、なんの躊躇いもありませんでした。というかその時は、その子の存在が、私の生きる理由になっていたんです。この子の為にも生きなくちゃ、この子の為にも頑張らなくちゃ、と背中を優しく押されました。そして生まれてからも、どんな時でも私と健司さんを繋いでくれるかけがえのない存在になったんです」

「葉子……」

谷口は葉子を見つめる。

「こんなにも驚くべきことがあるなんて……」

谷口は驚きをまだ抑えることができなかった。ただ、それと同時に嬉しさがこみ上げてきていた。こんなことが起こるなんて思ってもみなかった。今までずっと知らなかった。自分が知らないところで父親になっていたなんて……。

しかも、その存在が葉子の救いになってくれていたのだ。だとしたらこんなにも嬉しいことはなかった。

そして葉子は、ゆっくりと言葉を続ける。

「だから健司さん、息子の寛司に会ってくれませんか？　既に死んだことを知っている人には会えないというルールにも触れないはずです。あなたの写真は小さい頃に見たきりですし、今の髪の毛は真っ白になっている。それによく考えてみると、寛司が気づくはずがない理由もあって……」

そこにはこの長い年月が作り出したある状況があった。

「寛司は既に四十歳。見かけの年齢はあなたよりも上なんです。だからこそ会っても、自分より若い人を自分の父親だなんて思うはずもありませんよね」

「それは、確かに……」

谷口が亡くなったのは三十歳の時。そしてその後すぐに生まれたのならそういう計算になる。つまり歳上の息子、そして寛司から見れば年下の父親ということになるのだ。

「それに寛司には、中学三年生の息子もいるんですよ。名前は真司《しんじ》。あなたから見ると孫になりますね」

「いつの間にか私は父親だけではなく、おじいちゃんにもなっていたのか……」

「ええ、そうなんです」

　葉子がにっこりと笑う。本当にサプライズとしか言いようのない出来事だ。そしてその事実を知ってしまっては、谷口もどうしても二人に会いたくなった。

　なぜなら、自分の息子と孫なのだ。

　ただ、戸惑いがすべてなくなったと言ったら嘘になる。

「でも、会ってなんて話をすればいいんだろうか、相手からしたら私は他人にしか思えない訳だし……」

「そこは、なんとかなるのではないでしょうか」

　そう言ってこのタイミングで口を挟んだのは、ずっと黙って二人の話を聞いていた常盤だった。

「ここで何人、いや何十人、何百人、何千人と誰かの最後を見送ってきた谷口さんならきっと大丈夫ですよ。必ず最良の最後の再会ができるはずです」

「常盤さん……」

　確かにその通りだ。谷口自身今まで、最後になんて話せばいいのか分からなくて会いに行くのを悩んでいる人を、何人も見た。でも結局行動した人は皆、後悔のない最後の再会をすることができていた。そしてそのハッピーエンドの物語を陰ながら紡いできたのは、他ならぬ谷口だったのだ。

最後に大切な人と会って後悔をするはずなんてない。

そしてまた背中を押すように、常盤があることを教えてくれた。

「それに実は葉子さんも一緒に現世に戻ることになるんですよ」

「えっ？」

葉子の方を振り返ると、微笑んでこくりと頷いた。既に話は済んでいたようである。

葉子が現世に戻ることのできる理由もまた、明らかにしてくれた。

「葉子さんもこのさよならの向う側を訪れた時に谷口さんと再会をしただけで、現世へと戻ってはいませんでしたからね。まだ最後の再会の機会は残されているんです」

「確かに……」

言われてみれば当たり前のことだ。谷口と葉子はほぼ同じ状況下にいた。だとしたら条件も同じはずなのだ。

「でも、葉子さんが亡くなったのは約三ヶ月前のことですし、既にご家族全員に知られてしまっていますので、谷口さんのように息子さんとお孫さんに会いに行くことはできません。それでも他にしたかった用事もあるみたいなので、最後の再会の時間はそちらにあてるようですが……」

常盤がそう言うと、葉子がもう一度こくりと頷いた。

そして谷口の背中にそっと手を添えてから言った。

「健司さん、私と一緒に行きましょう。そして私の分も、しっかり息子と孫に会ってきてください」

「葉子……」

葉子のまっすぐな眼差しが谷口にぶつかる。

その想いに応えない訳にはいかなかった。

これは谷口だけの最後の再会ではなく、葉子の分も含まれているのだから――。

「……行こう、今一度、現世へと」

「ええ、かしこまりました。それではご案内いたします」

常盤が案内人らしい口調になって、こほんと咳払いをした。それからやや緊張した様子で手を掲げて、パチンッと指を鳴らす。

すると目の前に木製の古びた扉が浮かび上がった。

「良かった、僕がやってもちゃんと扉が出てきました」

常盤が安心したような表情を浮かべる。その姿を見て谷口もにこりと微笑んだ。

「この空間も、常盤さんをちゃんと一人前の案内人だと認めている証拠ですよ」

「ありがとうございます、頼りになる先輩のおかげです」

「私にとっても頼りになる後輩ですよ」

お世辞ではなく本当にそう思っていた。ここにいたのが常盤でなければ、こんな素晴らしい最後の再会の機会は与えられていなかったかもしれない。

こんなにも人の気持ちを汲んでくれる人物を案内人に指名して、本当に良かったと改めて谷口は思っていた。

「ありがとうございます、それでは改めて説明させてもらいます。最後の再会に残された時間は一日、二十四時間です。そして会えるのは今までに自分の死を知らない人だけです。何人に会ってもかまいませんが、亡くなっていることを知っている人に会えばその時点で強制的に現世からは姿が消えてなくなり、このさよならの向う側に戻ってくることになります。大きなルールはそれくらいです。他に何か質問はありませんか？」

常盤がにっこりと笑って言った。

「ああ、大丈夫だ」

「ええ、もう準備はばっちり」

谷口も、隣の葉子もにっこりと笑って答えた。

「それでは、お気をつけていってらっしゃいませ」

谷口と葉子が、こくりと頷く。

――これから谷口にとっての最後の再会が始まる。

本当に、最後の二十四時間――。

そして谷口が葉子をエスコートするように掌を差し向けた後、ゆっくりと扉を開いた——。

○

「眩《まぶ》しい……」

公園のベンチで目を覚ました瞬間、まずそう思った。現世には、もう何度も案内人として戻ってきたはずなのに不思議な気分だった。

今までとはどこか違う世界にいるような感覚だった。すべてのものが新鮮に感じる。きりっとした太陽の日差し、空の入道雲、街路樹の青々しさ、その木に止まる蝉《せみ》の声、夏の空気、夏の音——。

「夏ですねえ……」

隣に座っていた葉子が、私と同じ方向を見つめてそう言った。

「葉子……」

こうやって二人、現世の公園のベンチに座っているのも不思議な気分だった。今まで話をするのは、さよならの向う側にいる時だけだったのだ。

そういう意味ではこの現世で再会をするのは四十年ぶりだ。戸惑いがすぐになくなる訳ではない。でも、ゆっくりと温かなものに変わっていくのを感じる。なぜならこんな時間を、私はずっと待ち望んでいたのだから――。

「夏だねえ……」

ただ相槌のような言葉を口にしただけなのに、葉子が幸せそうに頷いてくれた。同じ時間を共有できているだけで、とても幸せな気分だったんだと思う。

そのまましばしの時間が経った。この二人で味わう夏の空気と心地を堪能していたのだ。私もスローペースな性分ではあったけど、思えば一緒にいた葉子もそうだった。こうして過ごすのは、葉子にとっても待ち望んでいたことだったんだと思う。

それから空を漂う雲が少し形を変えた頃になって、葉子が思い出したように口を開いた。

「健司さんは、息子の寛司に会えたら何かしたいことはありますか？」

「したいこと？　そうだなあ……」

頭の中にパッと浮かんだものがあった。

「……キャッチボールとかかなあ。私も父にしてもらったことがあったし、やっぱり親子でするのは憧れるものだから」

自分で言いながら、あまりにステレオタイプだと思ったが、本当にしたいと思ったから仕方ない。いわゆる憧れの父と子の姿だったのだ。

そんな私の言葉に、葉子はまた穏やかに頷いてから言った。

「いいと思います。ただ、もしかしたら寛司の方が上手くできないかもしれませんが」

「えっ、そうかな？」

「ええ、もう寛司も四十歳ですからね、あなたよりも運動不足なはずですよ。若々しいあなたが私としても羨ましいわ、あなたのその肌。ふふっ」

葉子が冗談っぽく言って笑った。確かに改めてそのことを考えると不思議な気分になる。今から会うのは、見た目は自分よりも歳上の息子なのだ……。

「……よく考えたら、その歳でキャッチボールなんてやってくれる訳ない気がしてきたよ」

「そうですかね？　でも、孫の真司はよく友達とキャッチボールもしているみたいなのでグローブとかはちゃんと揃っていると思いますよ」

「道具が揃っていてもなあ……」

不安が湧き上がってきたのは、前提として大きな問題が立ちはだかっていたからだ。

「……やっぱり私が父親であることを明かせないのは大きな壁になりそうだよ。そんな状況でコミュニケーション自体取ることはできるのかな。赤の他人として話しかける訳だし……。キャッチボールどころかまともに会話もできないまま終わってしまったりして……」

うまくいく未来が今は見えない。寛司からしたら、突然知りもしない相手から話しかけられる訳だ。相当工夫したやり方をしないと……。

そこで葉子がなんの心配もないように穏やかに笑って言った。

「何を言ってるんですか、あなたが案内をしてきた人たちもそうだったんですよ。……さまざまな困難があって大変な道のりだけど、それでも大切な人に会いに行くのがこの最後の再会なのではないですか？」

それから葉子はゆっくりと言葉を続ける。

「そしてあなたがその物語を紡いできたんですよ」

「葉子……」

その言葉に、また背中を押された。そして今、常盤さんが私と一緒に葉子のことも現世に送ってくれた理由が分かった。私をサポートする為にそうしてくれたのだ。

やっぱり彼はもう一人前の案内人だ。ゴールデンレトリーバーのジェイさんを案内した時も、機転を利かせて愛さんとの素晴らしい再会を作り出してくれた。

そしてまた葉子も素晴らしい人なのだ。私の人生は短い方ではあったけど、人間関係にはとても恵まれていたと思う。こうしてさまざまな人に出会えたことに、何度も感謝をしたくなるほどだった。

「……ありがとう、必ず会いに行ってくるよ。そして私も何かしらの形で大切な想いを伝えようと思う」

「ええ、応援しています。私もやらなければいけないことがありますから、また後で会いましょう。それと、家の住所はここなので」

「分かった、ありがとう」

葉子が家の住所を書いた紙を私に手渡してくれた。ちなみに葉子の用事の内容は訊いていない。葉子も話そうとはしなかったのだ。きっとその詳細を明かしたら、私が案内人としての性分もあって、気にかけてしまうと思ったのだろう。つまりは私に気を遣ってくれていたのだ。

「よし……」

そんな風にも思われているのだから、私は私で自分のことと向き合わなければいけない。

葉子の為にも、私は息子とちゃんと会わなければいけなかった——。

「じゃあ、また後で」

「ええ、また後で」

その言葉を聞いただけで、私は思わず笑顔になってしまう。

また、と別れの挨拶を言えることに幸せを感じてしまったのだ。

そんな風に思ってしまったのは私だけだろうか。

いや、きっと葉子も同じだったと思う。

○

「ここか……」

それでも、実際に葉子から渡された紙に書いてあった住所へ行くと、二の足を踏んでいる自分がいた。というか、明らかに緊張している。

今が一番、さよならの向う側を訪れた人たちの気持ちが分かる気がした。

私は息子に会いに行く訳だけど、高岡《たかおか》漆器作りの職人である父親に会いに行った山脇《やまわき》さんも、こんな気持ちだったのだろう。何か父子という関係に重ねてしまうものがある。それに、思えばパミリアに会いに行くと言った大林《おおばやし》さんもそうだった。

「……」

でもその気持ちが分かるからこそ、いつまでもこうしている訳にはいかない。時間は待ってくれないのだ。

自分自身が今まで何度も説明してきた通り、現世に留まっていられるのはたったの一日、二十四時間しかないのだから。

「…………」

ジジジジジ、と聞こえる蝉の鳴き声が、その時間が差し迫っているのを教えてくれているかのようだった。

「ふぅ……」

――次、行こう。

今あの電柱に止まっている蝉が鳴き止んだ時、家の目の前まで行ってインターフォンを押す。

決めた。

ジジジジジ……。

止まった——。

「よし……」

一歩、二歩と踏み出す。

だがしかし、あと数歩でインターフォンの前に立つところであることが起こった。

私も、そしてきっと葉子も予期していない事態だった——。

「あっ……」

谷口と表札のかけられた家から、男の子が飛び出してきたのだ。一瞬それが息子の寛司かと思った。けどそんな訳はなかった。寛司の年齢は葉子から聞いている。四十歳のはずだ。

今の子は中学生くらいだった。ということは……。

「あの子が真司……」

寛司の息子。そして私の孫の真司だ——。

中学三年生と葉子が言っていたから見た目もぴったりだ。それに面影もある。だけど家を出てきた時に、家の前に立っていた私に目もくれなかった。

何か切迫したような、思い詰めた顔をしていたような……。

「……」

もしかして家で何かあったのだろうか。中学生といえば思春期のど真ん中である。それで父親の寛司と何か喧嘩になっていたりして……。

「…………」

心配が始まると、もういてもたってもいられなかった。作戦変更だ。このまま真司を放って置く訳にはいかない。

真司が走っていった方へ私も走りだす。走るのは久しぶりだが体は軽い。これならすぐに追いつけそうだった。

「あっ」

そしてそんなに遠くはない場所で真司の姿を見つけた。

というか、さっきまで葉子と一緒に過ごしていた公園のベンチに真司がいたのだ。

「ふぅ……」

息を整えながら真司の様子を見つめる。一人でじっとベンチに座っていた。何か考え事をしているようでもあるし、落ち込んでいるようにも見える。

ここは声をかけるべきだろう。順序は変わってしまったけれど、元から息子の寛司だけではなく、孫の真司とも話したいと思っていたのだ。そして何かトラブルが起こっているなら助けになりたい。心の底からそう思っていた。

……ただ、それにしても本当に不思議な感覚だった。

私に息子だけではなく孫もいるのだ。孫というのに、見た目の年齢でいえば十五歳しか離れていない。でもそれだけ長い年月が流れたということだ。

あれから四十年、本当に色々なことが起こっていたのだ……。

「さてどうするか……」

息子の寛司に続いて、孫の真司にもどうやって話しかければいいのか悩んでいた。このまま急に話しかけると不審者扱いされる可能性もある。

今思えば、私はさっきインターフォンを押した後に、寛司になんて言うつもりだったんだろう……。

その点についてもよく考えていなかった。牧歌的とかマイペースとかはよく言われてきたが、これではあまりにも計画性がなさすぎる。どうしよう、どうすれば……。

ふと、自分の心ともう一度向き合うためにも胸に手を当ててみた。

「……」

その時、かすかに感触があった。というのも、ここには私がいつも忍ばせているものがあったのだ。

「これだ……」

——胸ポケットにしまってあったのはマックスコーヒー。

私と葉子にとっての特別な飲み物。

さよならの向う側を訪れた人たちにも、いつでも渡せるように用意してあったのだ。

「よし……」

マックスコーヒーの缶を二本握り締めてベンチの前に向かう。もう頭の中で準備はできているつもりだった。後はさりげなく、不審者の感じは一切出さないように、スマートに言えれば大丈夫なはず……。

「……そこの君。これをさっき間違って二本買ってしまったんですけど、良かったら飲みませんか？」

これでいけるはずだ。さりげなさは出せている。あくまでハプニングを装った。そして、ちょうどよくその場所にいたタイミングにもかけたつもりだった。

「……あんた、誰？」

……かなり怪しまれている。それはそうだろう。いきなりこんなところで話しかけてくる相手がいたらそう思うはずだ。でもここで引く訳にはいかない。

「あ、怪しい者ではありません」

怪しい人が言いそうな言葉第一位を言ってしまった。

「……」

真司の表情が曇っていく。だが、私の手元にあった缶のラベルに気づくと表情を変えた。

「マックスコーヒーじゃん」

「……知ってるんですか？」

「三ヶ月前に亡くなったばあちゃんが好きだったんだ」

「亡くなったおばあさんが……」

葉子のことを言っているのだろう。私はここで自分の素性を明かす訳にはいかないけれど、今後のことを考えても幾分か関わりがあるとしておこうと思った。

「……それはもしかして、葉子さんのことですか？」

「えっ、うちのばあちゃんのこと知ってるの？」

「ええ、まあ、知り合いなんで。さっきもお家に伺ってご焼香させてもらおうかと思っていたところに君が飛び出してきたので……」

咄嗟《とっさ》に考えた理由だが悪くはないだろう。これならこの後に家に行くのも自然になる。寛司と話せる可能性も高くなるはずだ。まずは家にあげてもらわなければ話にならないのだ。

「なんだ、そうだったんだ。早く言ってくれれば良かったのに。……んっ？　でも知り合いにしては歳が離れてない？　ばあちゃんとなんの知り合い？」

また真司の表情が曇っていた。確かに言われてみればそうだ。見た目でいえばだいぶ歳の離れた知り合いである。ここは何か共通点のあるものを言っておきたいところだけど……。

「句会的な……」

「句会？」

さよならの向う側で世間話として葉子と話したことを、脳内フル稼働させて思い出していた。確か晩年は趣味で句会に通っていたと話していたはずだ……。

「俳句の……」

「俳句ねえ、そういえばばあちゃん通ってた気がするわ」

「そ、そうです、そこには老若男女問わず色んな方がいて仲良くなったんです」

なんとか大丈夫だったようだ。これで一つ大きな山は越えたことになる。このまま関係性を深めることができればいいが……。

「じゃあそしたら今、俳句を一つ詠んでみてよ」

「い、今、俳句を詠むんですか？」

「うん、今」

「そんな……」

むちゃぶりが飛んできた。さっきよりも明らかに大きな山が二つ目に待っていた。葉子が句会に行っていたのは事実だが、私は行ったことなんてない。

でもここで万が一お粗末な俳句を披露してしまえば、句会で知り合ったのも怪しまれてしまうことになって……。

「……できました」

時間もかける訳にはいかない。インスピレーションを第一に、頭に浮かんだことを句にしてみた。

「……ジジジジと　ベンチに沁みる　蝉の声」

結局、松尾芭蕉《まつおばしょう》の句を拝借して台無しにしたような句になってしまった。絶えず鳴き交う蝉の声のせいで、どうしてもあの『閑《しずか》さや　岩にしみ入る　蝉の声』の名句が頭に思い浮かんでしまったのだ。

……真司の反応が気になる。まだ言葉は返ってこない。見破られてしまうだろうか。判定はどうなるだろうか……。

「へえ、俳句ってそういうものなんだ」

「……そうなんですよ」

ただ単に興味本位で言ってきただけだったみたいだ……。無理に頭をひねる必要もなかったのかもしれない。でも何事もないならそれが一番だった。

その後はゆっくりとマックスコーヒーを味わって飲む時間になった。代わりに蝉の声がよく聞こえるようになる。こんな風にベンチに座って蝉の声を孫と一緒に聞く時が来るなんて思わなかった。もしかしたらさっきもこの気持ちを俳句に詠めばよかったのかもしれない。

今日という日の奇跡的な出会いのことを。

そして今になって気になるのは、さっき真司が家を飛び出してきたことだった。

「……何か今、あなたは悩み事とかあったりしますか？」

直接的ではあるが、そう訊いてみた。もし私にできることがあるのなら力になりたいと思ったからだ。

「悩み事？　まあ、あるっちゃあるというか、悩み事だらけというか……」

「悩み事だらけですか……」

「中学生なんてみんなそんなもんだよ。まあ、一番は進路のことかなあ……」

そう言って真司が脱力して空を仰ぎ見る。確かに表情は明るくはなかった。さっきもそのことを寛司と話していたのだろうか……。

「……確かにそれは悩みどころですね、高校についてですか？」

「高校もそうだけど、どっちかっていうとその先かな。将来やりたいこととか父さんは今から考えておけって言うし……」

「それはまたなかなか難しいですね……。ちなみに将来の夢とか、やりたい仕事は今はないんですか？」

「微妙だなあ。やりがいとか安定とか考えると方向性は色々あるんだけど、今はなんだかピリッと一つに決められなくて……」

「そうですか……」

その発言を聞いただけでも、それなりに真司自身よく考えているのだと分かった。何か投げやりになっている訳ではない。それだけで私としては安心してしまった。

「何か使命感をもって取り組めるくらいの仕事が見つかるといいですね」

「使命感、ねえ……」

やりがいと言ったので、アドバイスのつもりでそう言ったが、そこまで真司の心にはピンときていないようだった。確かに私も真司の歳の頃に使命感なんて言われても、よく分からなかったかもしれない。

「お兄さんは今、仕事何やってるの？」

真司からそう言われた。この白髪にもかかわらず、おじさんじゃなくてお兄さんと呼ばれたことに嬉しさを感じつつも、若干答えるのに戸惑ってしまう。なんといえばいいだろうか……。

「……人の案内を主にする仕事ですね」

「何それ、ガイドみたいな？」

「まあ、平たく言うとそうかもしれません」

「その仕事には使命感があるんだ？」

「そうですね、とてもあると思います。多くの人との出会いがありますし、その人たちの為にやれることをできるだけします。また、その役割の中で色んな大切なことを教わりもしますから」

「へえ、いいなあ。俺もそういう仕事が見つかるといいんだけどな……。そしたら父さんも口うるさく言ってこないだろうし」

寛司は将来のことには厳しいみたいだけど、息子の身をしっかりと案じているからこそだろう。私も真司の力になりたいからこそ言葉を続けた。

「色々まだ大変なこともあるかもしれませんが、ゆっくり納得のいくように決めれば大丈夫だと思いますよ」

「ゆっくりねえ。それじゃダメなんだよなあ」

私のマイペースな悪い癖が出てしまったみたいだ。

それから真司はからっと笑って言った。

「でもなんかいろいろ話せて気分が晴れた気がするよ。ありがとう」

まっすぐにこっちを見てそう言ってくれた姿は、思わず胸にくるものがあった。

「……」

会いたい。

純粋に育ったこの子を見て、私はますます寛司に会いたいと思った。

寛司にも、何かわずかにでもいいから気分が晴れるようなことを言ってあげたいと思う。今更私が何かを残そうなんて大層なことは思っていないけれど、ほんの少しでも力になってあげたかったのだ。

そしてその時、公園に男の子が現れた。

「真司君」

真司の名前を呼んだ後、傍までやってくる。

「おう、来たか」

真司の友達みたいだ。年齢的にも同じくらいに見える。短髪の似合う恰好いい男の子だった。

「それじゃあ俺たち、ちょっとこれからトレーニングするからさ」

「トレーニング？」

「そう、体動かして遊んだほうが気分もスッキリするし」

真司なりのストレス解消みたいだ。友達も屈伸運動をして準備を始めている。

そして真司は続けてこう言った。

「ってか、お兄さん、うちに行く予定だったんでしょ？　父さんには連絡しとくからさ、今からまた行ってみるといいよ。急に行ってもさっきのあれ持っていけば、ばあちゃんの知り合いだってきっと信用するからさ」

さっきのあれが何を指し示しているのかは、私にもすぐに分かった。

「これですね」

マックスコーヒーを手に持ってみせると、真司がまたからっと笑ってグーサインを向けてくれた。

○

再び、家の前へと戻ってきた。マックスコーヒーはまだ一本胸ポケットに残っている。真司が既に連絡を入れてくれているというのに、それでもインターフォンを押す瞬間は緊張した。寛司との初めての対面になるからだ。

ただ、厳密にいえば葉子のお腹の中にいた時、既に会っていたということになるのかもしれない。だけど、私はまだその顔すら一度も見たことがなかった。こんな最後の再会が自分の身に待っているなんて思わなかった。お腹の中にいた時以来の再会。そして今、その瞬間を迎えることになる——。

「……あなたが、真司の言っていた人ですか?」

家の扉を開けたその人が、私に向かってそう言った。

「は、はい……」

——そして、その目の前にいる人物が、息子の寛司に他ならなかった。

見た目はもう本当に立派な大人だ。それも当たり前のことだろう。既に四十歳を迎えている。私の歳を越しているのだ。それでもその姿には、どこか私と葉子の面影があって嬉しく感じてしまう。本当に、私の息子が目の前にいる……。

「母のことで来たんですよね？　句会の知り合いだそうで」

「え、ええ、そうです。葉子さんにはお世話になりましたから……」

そう言ってマックスコーヒーを取り出して見せると、寛司が「どうぞ」と言って、家の中へ招き入れてくれた。

「……」

まるでマックスコーヒーが通行手形のようだ。第一関門を突破できて安心した。というのも、この最初のタイミングで私の姿が消えてなくならなかったからだ。あれほど会っても大丈夫ということを葉子から念押しされていても、懸念はどうしてもあったのだ。

しかし、やっぱりこうして会ってみると見かけは私の方が年下だし、私が父親だなんて考える可能性はなさそうだった。それに寛司はたったの一度も、私が生きている姿をその瞳に映すことはなかったのだから。

「こちらへどうぞ」

「……失礼します」

上がってから通されたのは奥の和室だった。そこに葉子の遺影がある。まだ亡くなってから三ヶ月しか経っていない。さっきまで一緒に話をして過ごしていた身としては不思議な感覚だったが、この光景を見ると、本当にもうこの世界にはいないのだと実感してしまった。

「葉子……」

マックスコーヒーをお供え物代わりに置いてから手を合わせる。後でまた会おうと心の中で祈るのも不思議な感覚だった。

それからしばし遺影を見つめていると、寛司が和室にやってきた。

「良かったら、どうぞ」

そう言って差し出したのは、よく冷えたグラスに氷と一緒に入ったマックスコーヒーだった。

「これは……」

「うちの母が好きだったんですよ、冷やしマックスコーヒー。こうやって飲むとコーヒー牛乳みたいになるからって」

私も知らない飲み方だった。でも飲んでみると、確かにコーヒー牛乳のように感じた。

「なるほど……」

氷で冷やされた分、甘さが抑えられてすっきりとした味わいを感じる。真夏にぴったりの飲み物だった。

「……」

ただ、それから会話が広がる訳ではなかった。私からもなんて話かければいいのか悩んでいた。そして、今もまだ目の前に寛司がいることに、心が落ち着いていなかったのだ。

「真司とも、色々話をしてくれたみたいですね」

先に口を開いたのは寛司の方だった。

「ええ、まあ、たまたまでしたが……」

ここは私からもちゃんと話を繋げたくて言葉を続ける。

「……真司君はとても純粋ないい子ですね。わずかな時間ですが、話していて本当にそう思わされました。こっちの心まで温かくなるようでしたから」

素直な気持ちを述べたつもりだ。そして寛司を称えるような気持ちも少なからずあった。

真司が立派に育っていたことに私は感動すら覚えていたのだ。

でも寛司は、喜んだ顔を一つも見せはしなかった。

「そうですかね……、なかなか難しい年頃ですよ。妻とはよく話しているようですが、私とはうまくいかないことも多くありまして……」

「そうなんですね……」

謙遜のつもりでそう言っているのかと思った。

だが、その後に続く話を聞いて、私は言葉を失ってしまった――。

「……実は私には生まれる前から父親がいないんです。だからうまくやれないことが多いんだと思います。父親ならこういう時どうしていたとか、そういうことがよく分からなくて」

マックスコーヒーの入ったグラスの氷が、カランッと溶ける音がした。

「今まで本当に苦労しましたよ……。ひとり親を揶揄されることもありましたし、家計としても苦しいところがありました。私が小さい頃は母も働き詰めでしたからね。まあ、亡くなった父にはそんな文句も言えませんよ。私の顔も見ないうちに亡くなってしまったんですから……。父親としての役割を教わることなんてありませんでしたね……」

——言葉が、見つからなかった。

「……」

今の私には、何も言う資格がないと思ってしまった。寛司が言ったことは紛れもなく事実なのだ。私は父親としての責務を果たせていない。何も教えてあげられることなんてなかった。だからこそ、今は何も言えなかった……。

だが、その状況を寛司は違う意味に捉えたようだった。

「すみません、わざわざ来て頂いたのにこんな関係のない話をしてしまって」

「いえ、そんなことは……」

関係のない話なんて、そんなことは決してない。

というか、私にとっては一番関係のある話だった。

ただ、その話に今の私はどうすることもできない。

私はこんな想いをするために、この現世に再び舞い降りたのだろうか……。

「そんなことは、ありません……」

目の前の遺影の中の葉子だけが、柔らかに笑っている気がした。

○

家を後にしてからは、どこに行けばいいのかが分からなかった。こんな展開が待っていると思わなかった。私の最後もハッピーエンドが待っているものだと勝手に信じきっていたのだ。

現実は厳しかった。とても厳しかった。

ただあまりにも寛司の言う通りだったので、返す言葉がなかったのだ。私が父親としてできたことなんて何もない。それどころか私は息子である寛司の存在さえ、今まで知らなかったのだ。そんな自分が、父親として何か残せる訳がなかったのだ……。

「……」

とぼとぼ歩き続けると、またさっきの公園に戻ってきてしまっていた。でもそこに真司の姿はない。代わりにいたのは、さっきやってきた真司の友達の男の子だった。

「どうも……」

軽く頭を下げると、相手も頭を下げて応えてくれた。

「……真司君は、ちょっと飲み物買いに行ってるので」

「そうですか、えっと……」

真司がここにいないことで、気まずい空気が流れていた。私はさっきこの男の子と会話を交わした訳ではない。ただここは真司が来るまで、場を繋ぐためにも私から質問をした。

「トレーニングというのは、一体何を……?」

「いや、それはちょっと僕が真司君に付き合ってもらってるようなものなんですけど……」

そう言うと彼は話を始めてくれた。

「……僕、今まで結構いじめられたり色々あったんですけど、ある人と出会ったことがきっかけで強くなろうと思って、それで髪も切って、いじめっ子達にも歯向かったんですけど、やっぱりうまくいかなくて……。そんな時に、隣のクラスの真司君がたまたま見かけて助けてくれたんです」

男の子は、小さな声ながらも、強い意志を込めたまま話を続ける。

「それから、僕がタフになって強くなりたいって話をしたら、一緒にトレーニングしようぜって声をかけてくれて、それで時々公園に集まって筋トレとか運動するようになって……」

「そんなことがあったんですね……」

その話を聞いて湧いたのはさっきと似たような、真司に対しての誇らしい気持ちだった。

寛司は父親としてどうすればいいか分からないと言っていたが、実際真司は立派に育っていると思う。それだけで寛司の父親としての立派さが分かった。こんな事実を知っただけでも、現世に戻ってきて良かったと思えてしまう。

「幸広《ゆきひろ》ー！」

その時、さっきの場面をひっくり返したかのように、真司がやってきて声をかけた。手に持ったポカリスエットのうち一本を幸広と呼んだ男の子に渡す。

そして今まさにそこで、私はあることに気づいた。

「あなたの名前は幸広……」

「そ、そうですけど……」

やや戸惑った瞳が私を捉える。そして私はこの眼差しに確かに覚えがあった。

――ユキさんだ。あの光さんが最後に救った男の子だったのだ。髪もだいぶ切って精悍《せいかん》な顔つきになっていたので気づかなかった。それは紛れもなく彼の成長を示していた。

ユキさんはあれからも元気に過ごしていたのだ。そして光さんの言いつけ通り、タフで強い人になろうとしている。

「こんなことがあるなんて……」

思わず声が漏れてしまった。

こんなところで人と人の縁が繋がるとは思わなかった。そしてその糸が真司にまで伸びていて、幸広君の助けになっていたなんて考えもしなかった。

なんだか感動すら覚えてしまう出来事に胸が熱くなる。でも、そんな事情は露知らず、真司は不思議そうな顔をして私を見て言った。

「お兄さん、もう戻ってきたんだ？　早かったじゃん」

そう言って真司は、もう一本のポカリスエットの蓋を開けて飲み始める。

「色々事情がありまして……」

「もしかして父さんとなんかあった？　今日母さん出かけてるし、父さんは結構気難しいところあるからなあ……」

「まあ、あったといえばあったかもしれませんが……」

逆に何もなかったと言っても過言ではなかった。会話もほとんどできなかったし、親子らしいやりとりなんて何一つままならなかった。父親としての役割を教わることとなんてありませんでしたね、という言葉は、まだ今も胸にズシンと残っている……。

「あーあ、俺もまた後で家に帰ってから進路のこと話すの鬱々としてきたなあ。お兄さんがうまいこと父さんの機嫌とってくれればよかったのに」

「力になれなくて申し訳ない……」

真司には真司なりに私に協力した魂胆があったようだ。家を飛び出してきたのは事実だし、寛司との衝突は実際にあったのだろう。それからここで気分転換の為にも、幸広君とトレーニングに励んでいたのだから。

「幸広はさ、進路決まってるんだっけ？」

真司が尋ねると、ポカリスエットを飲み終えた幸広君が答えた。

「学校の先生になりたいと思ってるよ。僕と似たような境遇の子を助けてあげられる先生になりたいんだ」

「めっちゃちゃちゃんと決まってるじゃん。なんだよ、焦るなあ……」

「あれっ、真司君、前にちょっとやってみたい仕事あるって言ってなかったっけ？」

幸広君の言葉に、真司がかすかに反応を見せた。少しだけ困ったような表情だ。

「それは言ったけどさあ、なんか今更父さんと同じ仕事をやりたいなんて言うの恥ずかしいじゃん。それはそれで、ちゃんと考えているのか、とかまた色々言われそうだし……」

「お父さんと同じ仕事……」

意外だった。真司の進路の候補には父親と同じ道があったのだ。確かに思春期の息子としては言い出しにくいかもしれない。でも、それはとても素晴らしいことだと思った。しっかりと父親の背中を見て育ったということだ。やっぱり寛司は、私ができなかったことを、ちゃんと真司にしていたのだ。

「ちなみに、お父さんはどんな仕事をしているんですか？」

それは話の流れに沿ったなんの気なしにした質問だった。

だが、そこで返ってきた言葉は、思ってもみなかったものだった――。

「郵便局員だよ、配達員もしてたし」

「郵便局員……」

私と同じ仕事だった。

私が現世で全うしていたのが、郵便局の配達員の仕事だ。

そして息子の寛司も私と同じ仕事をしていたのだ――。

「そ、そんなことが……」

「どうしたの、そんなびっくりすること？　別に珍しい仕事じゃないでしょ」

珍しくなくても、びっくりすることだった。まだその事実を受け止めきれていない。

たまたま何も知らずに寛司も郵便局で働くことを選んだのだろうか。それとも同じく郵便局で働いていた葉子が、私の話をしてくれたのだろうか。そして寛司がその仕事を選んでくれたということは……。

「……なんで、真司君も郵便局員になりたいと思ったんですか？」

私は質問をした。そこに寛司が郵便局の仕事についた理由がある気がしたからだ。

そして真司が、答えを教えてくれた。

「郵便局員は手紙を届けるのが使命、ってそう言ってたんだ」

「手紙を届けるのが使命……」

「なんだかそれが大げさな言い方だけど恰好いいなって思っちゃってさ。俺も将来郵便局で働こうかなって思ったんだよね」

――それは、私が口にした言葉だった。

そして、葉子にも伝えていた言葉だった。

郵便局では、日頃からさまざまな郵便物が扱われている。

しかしその中でも、手紙は特別なものだった。

――手紙は郵便局でしか届けられないものだからだ。

その言葉は、葉子を通して寛司に伝わったのだろうか。

だからこそ、寛司はその仕事を選んでくれたのだろうか。

だとしたらこんなにも嬉しいことはない。

長い時間をかけて繋がってきた想いが今、私の体の奥底に流れ込んできた気がした――。

「……っ」

ベンチから立ち上がる。

――そして次の瞬間、走りだしていた。

「ちょ、お兄さん!?」

真司が戸惑っている。それはそうだろう。話の途中で急に公園を飛び出して走り始めたのだ。でもその声にも私は止まらない。足はまっすぐにまた寛司のもとへと向かっている。

「お、お兄さーん！」

後から真司がついてきている。それでも構わず走り続けた。さっきよりも全力疾走だ。体のきしみなんて一切ない。それどころか軽やかに動いている。

借り物の体だからかもしれないけど、今はこの気持ちに呼応してくれているかのようだった。

体の隅々から熱い気持ちが湧き上がっている気がする。

今、私は初めて、息子の本当の想いを知ったのだ——。

自分は父親として何も残せていなかったと思っていた。

私たちを繋いでいたものなんて、ほとんどないと思っていた。

でも、違ったのかもしれない。

ここに至るまでのすべてが繋がっていたのだ。

だってそうだった。

今までもそうだったんだ。

人と人の結びつきが様々なものを生み出していた。

人との関係性こそ生きることだった。

私は今何か、自分自身がこの世界に生きていることを強く実感した——。

「はぁ、はぁ……」

——会いたい。

そして、ただひたすらに、もう一度そう思った。

残された最後の一日。

私はこの一日でもう一度寛司に会って、話をしなければいけない。

少しでも多くのものを残さなければいけなかった。

そのために私は、今日ここへやってきたのだから――。

「はぁ、はぁ……」

家の前にたどり着くと、ちょうどそこには寛司がいた。

既に日は傾いて夕暮れになっている。打ち水をするために外に出てきていたみたいだ。

「……どうしたんですか？」

寛司が、血相を変えてやってきた私を見て言った。確かにこの状況は全くもってよく理解できないだろう。

でも、私はもう遠慮する訳にはいかなかった。

この機会を逃す訳にはいかない。

与えられた時間はたったの一日。

これが本当に、最後の再会なのだから――。

「あの……」

そこで言おうとしたのは、一つの提案だった。

私が息子と会えたらしたいと思っていた、ステレオタイプな願い——。

「……キャッチボールしませんか？」

私がそう言うと、寛司が野球のボールのように目を丸くした。

○

「なんでこんなことに……」

寛司が白いボールを見つめて言った。最初は私の唐突な誘いを固辞したが、後からついてきてくれた真司が「俺もキャッチボールしたいからしようよ」と言ってくれて、最終的に寛司が折れる形になったのだ。真司にまた助けられてしまった。今回の最後の再会の中で、本当に力になってくれている。

「ほら、いくよ」

そんな真司が白球を空に放って、三人でのキャッチボールが始まった。真司、寛司、私、と時計回りに繋いでいく形になって、幸広君は傍でその様子を見守ってくれている。

「ナイスボール」

寛司からのボールを受ける。そのボールを真司に投げる際に声をかけた。

「真司君、さっき話していた進路のことをお父さんにも話してみてはどうですか？」

「えっ？」

真司は受けたボールを、戸惑った表情のまま寛司に投げる。

「なんだ、さっき話していた進路のことって」

私に向かって投げながら、寛司は真司を問いつめる。

「真司君、どうぞ」

「どうぞって言われてもなあ……」

私が投げたボールを受けてから、ほんの少し真司の動きが止まった。

それから決心したように表情を変えて話し始める。

「……進路のことだけどさ、……俺、将来父さんみたいに郵便局員になるのもいいなって思ったんだよね」

「郵便局員……」

「……まあ、まだ正式に決めた訳じゃないけど、そういう道もいいなって！」

そこでようやく真司がボールを投げた。

夕焼け空を通過した白球が、寛司のグローブにおさまる。

「そんな簡単に誰にでもできる仕事じゃないぞ」

「分かってるよ。……でも父さんもやってきた仕事だし、それにじいちゃんもばあちゃんもやってたって聞いたから、それを俺が受け継ぐのもいいかなって思ったんだ」

「そうか……」

そう呟いた後、寛司はすぐ言葉を続けなかった。ボールも止めたままで、その言葉を噛み締めているかのようである。

嬉しかったのだろう。私にもその気持ちはよく分かった。なぜなら私もさっき同じ想いを味わったのだ。受け継がれていくことが、こんなにも嬉しいことだとは思わなかったから――。

そして、その後に言葉を続けたのは、真司の方だった。

「……よしっ、俺はこれでもう話したいこと話せてスッキリしたし、後は二人に任せるよ。幸広とのトレーニングもまだ終わってないからさ」

そう言って真司はグローブを外すと、傍で待っていた幸広君に歩み寄った。その発言に戸惑ったのは他ならぬ寛司だ。

「おいおい、そしたら私と彼の二人きりになってしまうじゃないか……」

「元々キャッチボール誘われたのは父さんなんだし、ちょうどいいじゃん」

「ちょうどいいじゃんって……」

「じゃあ、また！」

半ば強引に真司が幸広君を連れて去っていく。そして残されたのは私と寛司だけになった。

きっと真司はまた私に気を遣ってくれたのだろう。何か私が寛司に話したいことがあるのを分かってくれていたのだ。本当に人の気持ちを推し量ることのできる子だった。そして助けになってくれている。真司がいなければ、今日、私がここまで来ることは、決してできなかっただろう。

「いい歳した男が二人でキャッチボールか……」

寛司がぼやくようにそう言ってから、私にボールを投げた。

「意外とプロ野球選手のベテランも私たちぐらいの歳が多いので、大丈夫だと思いますよ」

「プロ野球選手じゃないのに、いい歳でキャッチボールをしてるから不味《まず》いんですよ」

それは確かにその通りだ。でもなんだか笑いがこみ上げてくる発言でもある。

今は家の時よりも、随分自然に話をすることができていた。こうやって体を動かしているのがいいのかもしれない。人と仲良くなるには一緒に運動するのが良いと聞いたことが前にあった。

けど、こんな瞬間が本当に訪れるとは思わなかった。

私たち二人での、親子のキャッチボールだ――。

「……お仕事は郵便局員をされてるんですね」

「ええ、まあ。さっき真司が言っていた通り、うちの親もそうだったので、これで本当に真司まで郵便局員になったら親子三代でやることになりますね」

「……そうだったんですね」

私のことだが、ここは知らないふりをしておかなければならない。何か気づかれるようなことがあっては、私の体はこの世界からすぐに消えてしまうからだ。

「……先程、生まれる前にお父さんは亡くなったとお聞きしましたが、それでもなぜ同じ郵便局員を志したんですか？」

他人のふりをして質問を続ける。

そしてそれは他人のふりをしたままだからこそ、まっすぐに尋ねられるものでもあった。

「……母からよく聞かされていたんです。母は父のことをとても愛していましたから。……母自身も郵便局で働いていましたし、そこで父が『郵便局員は手紙を届けるのが使命』と言っていたのを私にも教えてくれたんです。……そしてその言葉が私の心の中にもずっとありました。気づけば私も父と同じ道を歩んでいたんです。ことあるごとに真司にもその言葉を言っていたので、もしかしたらそれも真司の進路のきっかけになったのではないかなあ……とも思いますが」

まさにその通りだった。

寛司が郵便局員としての道を進むことになった理由は、真司と一緒だったのだ。

きっかけとなったのは私の言葉だ。

それにしてもたった一つの言葉が、こんなにも長い間を通して繋がって届いたことに驚きを覚えてしまう。

でも、そうだった。

さよならの向う側を訪れた人たちが、教えてくれたことだった。

――想いは、届くものなのだ。

そして寛司が、言葉を続けてくれる。

「……それに両親が郵便局で出会って結婚したので、うちでは手紙というのはどこか他の家よりも特別なものだったんですよね。……母もよく言っていました。出せなくても、父への手紙を書きなさいって。それから毎年自分の誕生日には、父宛の手紙を書くようになりました。決して届くことはないので、半ば日記のような内容になることも多かったですが……」

「父への手紙……」

ちょうどボールが、私のグローブめがけて飛び込んできたところだった。

すぐにはそのボールを返せない。

「そんなものが……」

――だって、そんな素敵な手紙があるなんて思いもしなかったから。

私は寛司が生まれる前にいなくなってしまったのに、寛司はずっと手紙を書いてくれていたのだ。

その手紙が私のもとに届くことはなかった。

だけど、その手紙を書いてくれていたという事実が何よりも嬉しかった。

「それは、素敵な手紙ですね……」

瞳の奥にこみ上げてくるものを抑えるためにも、ボールをまた寛司に投げ返す。気が緩むとすぐに涙がこぼれ落ちてきそうだった。

「手紙は届かなくても、一度くらいはこうやって父親とキャッチボールもしてみたかったですけどね……。ありきたりな願いかもしれませんが……」

そのステレオタイプな願いは私と一緒だった。ただ、寛司には願いが叶っている実感がない。私だけがその想いを味わってしまっていた。

歯がゆかった。この状況をどうにかしたかった。

どうすればいいのだろう。

このまま、ただ素性を隠してキャッチボールを続けるしかないだろうか。これだけでも十分幸せだったと思って引き返すしかないのだろうか。

本当ならすべてを話して今までのことも全部打ち明けたい。このまま他人のふりなんて続けていたくない。だけどそうしたらすぐにこの体は消えてしまうことになる。

どうすればいい、どうすればいいのだろう……。

さまざまな考えが何度も巡る中で視界に入ったのは、公園の端を通りかかったある男性の姿だった。

「あっ……」

常盤さんだ。

こちらに向かって小さく手を振っている。それから人差し指を一本だけ立てると、近くで犬の散歩をしていた人に向けた。

それが何を意味しているのか分からない。

ただ、よく見ると常盤さんは、飼い主ではなく犬に向かって指をさしていた。

それはまるで私に向けられたサインのようだった。

それが意味するところは——。

「ジェイさん……」

あの日の別れのことを、思い出していた。

そういえばあの時、常盤さんは——。

「……あの、少し提案があるんですが」

私の頭の中に浮かんだものは、きっと常盤さんが示してくれたものと一緒だ。

でも馬鹿げた話だ。

見ず知らずの二人が一緒にキャッチボールをするよりも、ありえない提案をしようとしている……。

うまくいく可能性なんて限りなくゼロに近い。

だけど、ほんの僅かでも可能性があるのなら賭けたかった。

というか、これしか選択肢はなかった。

想いをぶつけるしかない。

今の私にとっては、この瞬間が寛司と過ごせる最後の時間なのだから――。

「本当に、試しにということなんですが……」

「試し……？」

一拍、間を置いてから、私は寛司に向けてある提案をした――。

「……私が父親だと思ってキャッチボールの相手をしてみるというのはどうでしょうか？」

私の言葉に、寛司が目を丸くした。

沈みゆく夕日よりもまんまるな瞳だった。

「な、何を馬鹿なことを……」

まるで訳が分からないという様子だ。その反応は当たり前だろう。ジェイさんと愛さんの時と同じようにいく訳がなかった。

でも、だからこそ私はここから一人で話を進めなければいけない。

もうここから先、助けはない。

自分自身で、自分の物語をハッピーエンドに案内するしかなかったのだ――。

「……もうあたりも暗くなってきましたし、雰囲気だけでもそう感じてもらうことはできませんか？」

「何を言っているんですか……、いい加減にしてください」

「だけどそれならキャッチボールの夢だって今、叶っていることになりますし」

「そんなこと言われても無理に決まってますよ、雰囲気だけでもなんて……」

寛司が私にボールを投げ返す。

そこで私はまたボールを投げる前に、寛司に向かって言った。

「……それでは、目を瞑ってもらうことはできませんか？」

「目を瞑る？」

「ええ」

「まあ、それくらいなら……」

一つ前にあまりにも無謀なお願いをしたから、この提案はすんなり受け入れてくれたみたいだ。

それから私はゆっくりと問いかける。

「……あなたが頭の中で思い描いていたお父さんの声はどんなものだったでしょうか？」

「父さんの、声……」

「思い浮かべてみてください、あなたのお父さんはどんな人だったでしょうか……」

「父さんは……」

目を瞑ったまま、寛司は考え事をしているかのようだった。

頭の中で父親の声を思い描いているとしたら、その声が私に重なるかもしれなかった。

その可能性に賭けてみたかった。

そしてしばしの時間が経った後、目を開いて私に向かって言った――。

「こんなの、無理に決まっていますよ……」

――力なく、その一言は投げられた。

最初から難しい話ではあった。

だからこそ、それで交渉は決裂したように思えた。

「でも……」

――寛司が、言葉を続けてくれた。

「……なぜだか分からないけれど、あなたと話していると懐かしいような、不思議な感覚になる」

「えっ……」

「あなたは変わった人だ……。初めて会ったのに初めて会ったような気がしないんです。家に最初に来た時からそうでした……。真司とも随分仲良くなっていたり……、私も他の人には決して話さないような家族のことまで話してしまっていたり……、もう一体何が何やら……」

寛司の心が、揺れているようだった。

今、間違いなく何かが届き始めている。

――それはきっと、想いだ。

実際には目では見ることのできない想いが、私たちの間を繋いでいる。

心が揺れていたのは私も一緒だった。

だからなのかもしれない。

私は今まで決して言わないように気をつけていた言葉を、そのタイミングで思わず口にしてしまった――。

「寛司……」

「えっ……」

日は既に沈み、あたりには青紫色の幻想的な世界が広がっている。

その薄暗い世界の中で、私と寛司はまっすぐに向き合っていた。

「一体、なぜ私の名前を……」

驚いた顔を見せてから、寛司はすぐに無理やり納得したような顔になる。

「ああ、そうか！　真司から聞いたんですね、驚かせないでください、まったく……」

答えを出したはずなのに、寛司は戸惑ったままの様子だった。

きっとその答えにまだ本人がピンときていない。

さっきまでの不思議な感覚が残り続けているかのようだった。

だからこそ私は、もうこの場は取り繕うこともなく言葉を続けようと思った。

今の私には最後の二十四時間はいらない。

ハッピーエンドを迎えるための、最良の数分間で良かったから——。

「……今まで、迷惑をかけてごめんな、寛司」

私の言葉に、寛司が答える。

「なんですかそれは……、くだらない冗談はやめてください……」

私は言葉を続ける。

「……一番傍で、この四十年間ずっと母さんを支えてくれて本当にありがとう」

「だから、そんな馬鹿な真似は……！」

言葉を続ける——。

「葉子は、寛司がいてくれたことが生きる理由になったって言っていたよ」

「あぁ嘘だ……」

「本当に、本当にありがとう。父親らしいことを、私は今まで一度もしてあげられなかったから」

「こんなことが……」

「でも会えて良かった」

「そんな……」

「寛司に会えて、本当に良かったよ……」

「……」

寛司が今、私のことをどう思っているかは分からない。

まだこの体が消えてなくならないということは、その気持ちは心の奥底で揺れたままだからだろうか。

けど、今はそれでもいいと思っていた。

私は、心の奥底にあった想いをちゃんと寛司に伝えることができたから。

それからゆっくりと、寛司の傍に歩み寄る。

握り締めていたボールを寛司のグローブに手渡しでおさめた。それがキャッチボールの終わりの合図なのだ――。

「寛司……」

しかし、目の前までやってくると、初めてその時、寛司の瞳に涙が溜まっているのが分かった。

「この涙は、違くて……」

そう強がって言った寛司の頭に、そっと手を乗せる。

そのまま小さな子どもにしてあげるように頭を撫でると、雨粒のような一筋の涙が、すうっとこぼれ落ちた。

「あぁ……」

私を見つめる寛司の瞳には、今までとは違う何かが宿っているようだった。

大切なものを見つめるような、そんな眼差しだ。

私はそんな瞳を向けられただけでも、このうえなく幸せを感じてしまう。

こんな時が来るなんて思わなかった。

こんな最後の再会が私に待っているなんて思わなかった。

私はこの瞬間を、ずっと忘れないだろう——。

「……もう、時間かもしれない」

いつ終わりの時間が訪れてもいいようにと、私はそう告げた。

すると寛司が、私のことをまっすぐに見つめて言った。

「最後に、もう一度……」

もう一度——。

「……名前を、呼んでくれませんか」

名前を——。

「——寛司」

私は寛司の瞳をまっすぐに見つめて、最後の言葉を伝えた。

「――生まれてきてくれてありがとう」

おとうさんへ

おげんきですか、ぼくはげんきです。おかあさんがおとうさんにてがみをかいてねっていったので、てがみをかきます。きょうはぼくのたんじょうびです。ごさいになりました。おとうさんはなんさいですか？　ほしいものはありますか？　ぼくはファミコンがほしいです。でもおかあさんとおいしいケーキをたべたのでよかったです。おとうさんもケーキはすきですか？

かんじより

お父さんへ

こんにちは。今年もお父さんにてがみをかきます。今日八さいになりました。たんじょう日はゲームボーイをかってもらいました。ぼくがうれしくてよろこんでいたらお母さんも笑ってくれてとてもたのしくなりました。お父さんもいたらもっとたのしかったんだろうなって思います。もしもお父さんと会ったら学校のこととか、お母さんの作るおいしいハンバーグのこととか、話したいことがたくさんあります。

かん司より

お父さんへ

今日、十二才になりました。もう来年は小学校を卒業して中学生になります。少しドキドキするけど楽しみです。お父さんは中学校ではどんな部活に入りましたか？　僕は少し悩んでいます。というかとても悩んでます。野球部がいいけど、丸刈りはいやなので。笑

そういえば、今年は誕生日プレゼントはもらいませんでした。夏休みにおじいちゃんおばあちゃんの家に行って近所のお兄さんと花火をした時に、カメラをもらったからです。でもお兄さんの奥さんに僕が撮った花火の写真を見せたら泣いてしまいました。大人の人が泣く姿をあまり見たことがなかったので少しおどろいたけど、その後に笑ってくれたので良かったんだと思います。

お父さんは泣いたことがありますか？　本当のことを言うと、小さい頃にお母さんが一人で泣いている姿を見たことが何度かあります。なんで泣いていたのかは分からないけれど、僕も少しだけ悲しくなりました。中学生になったらお母さんを毎日笑顔にできるようにがんばりたいです。

寛司より

お父さんへ

あっという間に中学生も終わりそうです。最後の大会は県大会にも行くことができず悔いが残りました。五厘刈りにわざわざしたのに気持ちは複雑です。でもこれからすぐに気持ちを受験に切り替えなければいけません。うちは私立に行く余裕なんてないので公立一択です。高校では部活ではなくてバイトをしようかと思っています。

時々、なんでうちにはお父さんがいないんだろうって思います。最後の大会もみんなお父さんとお母さんが見に来ていました。

夏の大会、最後のバッターボックスに立ったのは僕でした。あの時、お父さんも応援してくれたらホームランが打てたかもしれません。いや、きっとそんなことはないですね。僕の実力不足です。ごめんなさい、この手紙に変なことを書いてしまいました。でもこの手紙はどうやっても届くことはないので、好きに書いてもいいのかな、とも思っています。

寛司より

父さんへ

十八歳になりました。進路に関することでとても悩んでいます。大学に進学することは決まっているけれど、まだどんな仕事につけばいいのか決まっていません。こんな気持ちで受験に臨んでいいのかと思い悩む毎日です。

父さんと母さんは、二人とも郵便局員だったと聞いています。出会いもそこだったんですね。母さんは郵便局で働くことにそんな大きな理由はなかったみたいです。たまたまだって言っていました。母さんらしいですね。父さんには何か理由があったのか知りたいです。今度母さんに訊いてみようと思います。

それにしても世の中には色んな仕事があるんですね。色々考えてみようと思います。その為にも、まずは受験を頑張らなければいけません。空の上から合格を祈願していてください。

寛司より

父さんへ

二十歳です。もうお酒が飲める立派な大人になりました。実は今日は、僕から母さんにプレゼントを渡しました。花束と一緒に今までの感謝の気持ちを伝えたかったからです。

母さんが久々に泣いている姿を見ました。でも喜んでくれていたので僕も幸せな気持ちになりました。良い誕生日です。

母さんは最近、よく父さんの話をします。でも悲しんで思い出す訳ではなくて、家族三人で一緒にお酒が飲めたら良かったのになあ、なんて笑って言うだけなので安心してください。

父さんも僕と一緒にお酒が飲みたかったと思いますか？　僕は少し思います。子どもの頃も、一緒にキャッチボールできたら、とか、何か頑張った時に頭を撫でてもらうとかして欲しかったと今になって思います。

でももう大人になったのでそんなことは言ってられませんね。立派な一人前の大人として頑張りたいと思います。

寛司より

父さんへ

昨年は手紙を書くのを忘れてしまいました。というのも、あまりにも忙しくて自分の誕生日ということを忘れていたからです。今は働き始めて二年目。まだ仕事には慣れません。

実を言うと僕も郵便局員になりました。父さんと母さんの背中を追ったというか、母さんが教えてくれた、父さんの言葉がとても心に響いたのが大きかったです。

郵便局員は手紙を届けるのが使命、という言葉には心を打たれました、それで毎年（去年を除く）書いているこの手紙も特別な意味を持つように感じました。

母さんが、小さい頃から手紙を書きなさいと言っていた理由も分かるような気がします。そう考えると、僕が郵便局員になるのは必然的なことだったのかもしれませんね。

——後、いま実は結婚を前提にお付き合いしてる人がいます。よく笑う素敵な人です。母さんともすっかり仲が良いです。父さんが生きていたらきっと同じくらい仲良くなったかもしれませんね。また来年、進展があれば報告します。

寛司より

父さんへ

早速ですが、報告です。

前に手紙に書いた、お付き合いしている女性と結婚することになりました。

父さんが結婚したのは二十八歳の時で、僕は二十五歳なので、少し早めということになりますね。

妻は優花《ゆうか》と言います。その名前の通り優しい人です。あと、変わらずよく笑う人です。

僕はそんなに話すのが得意な方ではないので、彼女がいると日常が色づいたようで明るい気分になります。こんなキザなことは直接は言えないので、この手紙に書くだけにしますね。

少しだけ気持ちが浮かれているのかもしれません。これから改めて気を引き締め直して頑張りたいと思います。

また、手紙を書きます。

寛司より

父さんへ

今年は自分にとって、とても大きな変化がありました。息子が生まれたことです。自分がもう父親だなんて不思議な気分です。正直言って不安もあります。自分自身がちゃんと父親をやっていけるのか……、ということです。

文句を言う訳ではないけれど、小さい頃から母さんしかいなかったので俺には父親の見本がないのです。だからこそどうすればいいのだろうか、と不安に思います。

ただ、たくさんの愛情を注ぎたいと思っていることは確かです。

名前は『真司』と付けました。女の子なら妻と同じように『花』の字を入れようかと思いましたが、男の子だったので俺も父さんから一字をもらった『司』の字を入れました。

これからは自分の誕生日よりも、息子の誕生日に手紙を書きたいと思います。

寛司より

父へ

真司が五歳になりました。子どもの成長はあっという間です。そして俺の誕生日に、初めて手紙を書いてプレゼントしてくれました。本当に、本当に嬉しかったです。

手紙はやっぱりいいものですね。写真が時間を切り取って残してくれるものなら、手紙は人の想いを切り取って残してくれるものだと思います。

小さい頃にもらったカメラもまだ使っています。真司が十二歳になったら、俺からプレゼントしようと思っているんです。そうやって受け継がれていく方が、俺に写真の撮り方を教えてくれたあのお兄さんの想いに寄り添っているのではないかな、と思ったからです。

プレゼントはもらうのもいいけれど、あげるのもいいものですね。

息子の誕生日が、毎年俺にとっても幸せな一日になっています。

寛司より

父さんへ

真司ももう十五歳です。思春期真っ盛りに手を焼いています。私もこんなものだったのでしょうか。自分でももうよく覚えていません。ただ、生意気なことをたくさん言うようにはなったけれど、心根の優しさは変わらず感じます。真司の友達を見て、そう思うんです。

でも父子の関係というものは不思議なものですね。こんなことは面と向かって言うことはできません。顔を合わせている時はどうも素直になれないんです。けどそんな時のために手紙があるのかもしれませんね。普段は言えないことも手紙だと伝えることができるし、そういう意味では手紙はやっぱりいいものですよね。私ももう四十歳というい い歳だけれど、この手紙には自分の素直な気持ちを書いてみようと思います。どうせ誰にも読まれることはない手紙ですからね。

——最近、なぜだか父さんのことをよく思い出します。思い出すといっても顔はよく分からないから、頭の中で思い浮かべるという感じです。どんな風に笑うんだろうか、どんな声だったんだろうか、とかそういうくらいです。

そんなことを考えてしまうのは、母さんが余命を宣告されて病気で入院しているからかもしれません。不思議なことに母さんは全然悲しそうじゃないんです。きっとあの世で健司さんが待ってくれているわ、なんて言って笑ってるんです。傍にいるこっちが拍子抜けするほどです。でも父さんの存在のおかげで母さんが今そう思えるのなら、それはとても素敵なことですよね。本当に母さんは父さんのことが好きだったんだなって思います。だからこそ、もしも母さんが亡くなってしまった時には、本当に父さんと会えたらいいのにって思います。四十年も前にあまりにも早い別れを迎えてしまったからこそ、最後にはそんな世界が待っていてもいいと思うんです。

私も、もしも父さんに会えたらどうするんだろう、とふと考えます。実際に会わないと分かりませんが、面と向かったら憎まれ口の一つも叩いてしまうかもしれませんね。素直にはそう簡単になれないものですから。でも、本当に会えたら一つだけお願いがあります。

――私の名前を呼んで欲しいです。

寛司、と母さんが付けてくれた大切な名前を、父さんに呼んで欲しいです。

面と向かっては言えない言葉を、手紙に書きました。

やっぱり手紙は、いいものですね。また、手紙を書きます。

これからも、ずっと――。

寛司より

エピローグ Time To Say Goodbye

――最後の再会が終わった。

谷口はさよならの向う側に戻ってきていた。

二十四時間には到底満たない再会に終わったが、谷口の胸には後悔は一つもなかった。

現世から戻ってきた後、谷口はずっとこの場所で手紙を読み続けていた。

今までに寛司が、誕生日のたびに谷口宛に書いてくれた手紙だ。そしてその手紙を届けてくれたのは、他でもない葉子である。

元々、決して届くことはない父親宛の手紙を書くことを提案したのは若かりし頃の葉子だった。そしていつかその手紙を谷口に届けてあげたいと思っていた。ただ、その願いはどうやっても叶うはずのないものだった。

しかし、この最後の再会の時間を利用することで、叶えるチャンスが生まれた。

葉子が現世に戻ったのはこの為だった。そして谷口が寛司と真司を家の外に連れ出してくれたのは、またとないタイミングになったのだ。

葉子の手助けをしてくれたのは常盤だ。その後で、谷口にジェイのことを思い出すためのサインを送ってくれたのである。

つまり、谷口、葉子、常盤、それぞれが役割を全うすることで想いは届いた。それぞれの最後の願いは、こうして叶えられたのだった――。

「ありがとう、葉子……」

手紙を読み終えた谷口は、涙をこぼしながら感謝の気持ちを隣の葉子に伝える。

そしてもう一人、大切な人の名前を呼んだ。

「ありがとう、寛司……」

すべての想いが、この四十年間が、今に繋がっている気がした。

谷口は実感していた。

人の想いは、こんなにも届くものなのだ。

その想いを届けてくれたのが、手紙だった。

こんなにも幸せなことが、最後に待っているなんて思いもしなかった――。

「それに常盤さん、あなたにも感謝の想いを伝えなければいけません……」

谷口は、常盤をまっすぐに見つめる。

「あなたの案内のおかげで、私はまた最後にこんなにも大切な時間を過ごすことができました……。本当に、ありがとうございます……」

「……そう言ってもらえると案内人冥利に尽きます、谷口さん」

以前に谷口が口にした言葉を借りたかのように常盤がそう言った。

その姿はもう紛れもない一人前の案内人だった。

「……常盤さんだからこそ、私ももう安心してこの役を任せられます」

谷口が、長年を過ごしたこの乳白色の空間を見つめて言った。

「この、さよならの向う側の案内人を……」

あの日々に出会った人たちのことが、昨日のことのように谷口の頭の中に思い浮かんだ。

本当にたくさんの人たちに出会った。

そしてここで別れ、見送った。

この場所ではどんな人も、最後に自分の人生と向き合うことになる。

後悔のあった人がいた。

まだ生きたいと願った人もいた。

人生に疲れた人もいた。

人間関係に恵まれた人もいた。

この世界に何かを残そうと人生をかけた人がいた。

大切なものを守ろうとした人がいた。

大切な人のために生きた人がいた。

そんな人たちとの出会いの中で、谷口はある答えに出会った気がした――。

「……最後の最後で、人それぞれの使命がなんなのか、ほんの少しだけ分かったかもしれません」

ずっと探していた疑問の答えだった。

谷口は常盤の瞳をまっすぐに見つめる。

そして、答えを口にした――。

「――人それぞれの使命とは、『繋ぐ』ことなのではないでしょうか」

その言葉が、さよならの向う側にこだまする――。

「繋ぐ……」

そのたった三文字の言葉に、どれだけの想いが込められていたか分からない。

そして谷口は説明をするように、ゆっくりと話を始めた。

「……ええ、ここで出会った様々な人たちみなさんがそうだったんです。人と人、想いと想い、過去と未来、そういうものを繋ぐために人はいるのではないかと思わされることばかりでした。……根本的なことでいえば、今までも人は誰かと出会い、そして新たな命が生まれることで今日に至るまで繋がりを経て生きてきました。でも繋ぐとは、そういった命のことだけではなく、もっと日常の人それぞれの日々の中にもあると思ったんです」

谷口は、まっすぐな瞳をしたまま言葉を続ける。

「……このさよならの向う側を訪れた人の中にも、大切な言葉を通して人と人を繋いだ人がいました。大切に作り上げたものが人の想いを繋ぐことがありました。また、遠くの誰かと誰かが繋がって命が救われることがあったり、人ではないかけがえのない存在と繋がることで誰かが救われることもあったりしました。それに、志に生きた人たちが繋いできた過去が、今や未来に繋がっているとも言えます。……素晴らしい音楽や作品が、人と想いを繋いだこともありました」

そこで一つ息をついてから、また谷口は言葉を続ける。

「……でも、何もそんな大それたことをするだけが、使命を果たしているという訳ではありません。……日々を生き、目の前のことに一生懸命励んだり、誰かを笑顔にさせたり、誰かの傍にいてあげたり、そうやって存在するだけでも使命を果たしていることもあると思うんです。たとえ自分に無力さを感じていても、生きていることで、誰かとの関係性があるだけで、人と人を繋いでいるのではないでしょうか。……そんな風に人それぞれが誰かと関わることで、何かを残すことで、誰かを愛することで、私たちはリレーのバトンのように、遠い過去から未来へと、人と人、想いと想いを繋げてきたんだと思います。だからこそ、そうやって『繋ぐ』ことこそが人それぞれの使命だと思ったんです。そして、そういう意味では今、私にもまた最後の使命を果たす時がやってきました……」

「谷口さん……」

谷口が、常盤の瞳をまっすぐに見つめて言った。

「――このさよならの向う側の案内人の役目を、常盤さんに繋ぎます」


その瞬間、常盤の瞳から涙が溢れた。

「案内人の役目を、繋ぐ……」

常盤に向かって、谷口は言葉を続ける。

「ええ。そして案内人として、この場所を訪れる人と現世で生きる人を、そして想いと想いを繋いでください。それからいつの日かまた、この役目を誰かに繋いでください」

「はい……」

常盤は、言葉を絞り出すので精一杯だった。

「……ちゃんと繋ぎましたよ、常盤さん。後は頼みましたからね」

そう言って谷口がいつものように穏やかな笑みを浮かべると、ますます常盤は涙が溢れて止まらなくなった。

「はい、分かりました、谷口さん……。必ず、必ず約束します……」

伝え切れないくらいの感謝の想いに溢れていた。谷口がいなければ、常盤は間違いなくこの場所にいなかった。最後にハッピーエンドを迎えることなんてなかったのだ。

そして感謝の気持ちと同じくらいに、これから待ち受けることを想像して涙していた。谷口との別れが目前に迫っていることに、常盤は気づいていたから――。

――そしてそのタイミングで、ある人物がさよならの向う側を訪れた。

「……そろそろ時間のようですかね、谷口さん」

そう言って姿を現したのは、同じ案内人の佐久間だった。隣には佐久間の後任の案内人である如月もいる。

二人で谷口の見送りに来てくれたようだった。

それはやっぱり紛れもなく、谷口との別れを意味していた。

谷口もすべてを受け入れた様子で、佐久間の言葉に答える。

「……そうですね、随分と長い間をここで過ごしましたが、とうとうこの時が来たようです」

その言葉を受けて、佐久間が発音良く、ある曲のタイトルを言った。

「――Time To Say Goodbye」

その訳を続けて言ったのは、谷口だった。

「さよならを言う時――、ですね」

谷口が乳白色の空間を仰ぎ見つめる。その瞳には、ほんの少しの名残惜しさも映っているようだった。

「あの……」

その時、前に進み出てきたのは如月だった。

「本当に、ありがとうございました！　谷口さんと佐久間さんがいなかったら、私と常盤君はここで再会できていなかったから……」

如月は最後の瞬間にどうしても感謝の気持ちを伝えたかった。それで無理を言ってここにやってきたのだ。若くして亡くなってしまった自分たちを繋げてくれたのは、紛れもなく谷口と佐久間だと思っていたから。

「そう言っていただけるのは嬉しいですが、二人が再会できたのは、私たちだけの力ではないですよ。きっと今までに出会ってきた人たちの想いが少しずつ繋がって、二人の今があるんだと思います」

谷口は柔らかく笑って言葉を続ける。

「常盤さんと共に立派な案内人になってくださいね。私も二人のこれからの未来を楽しみにしていますから」

「……はい！　ありがとうございました」

如月が頭を深く下げた後、軽やかな口調で話しかけてきたのは佐久間だった。

「谷口さん、あなたがいないと寂しくなりますよ。まあ、遅かれ早かれ私もあなたと同じ道をたどる訳ですが」

「ははっ、そうですね、一足先に生まれ変わってお待ちしてますよ。……それに佐久間さん。私もあなたがいたおかげで寂しくありませんでした。こんなにも殺風景な乳白色の空間の中でも、どこかに誰かがいるというのは、とても救われることみたいです。どんな時でも私は一人ではないと思えましたから」

「……最後に泣かせないでくださいよ、あなたの旅立ちを笑って見送りたかったんですから」

「佐久間さん……」

佐久間が細い指先を目頭に当てて言った。

「あなたがここにいてくれて本当に良かった。いつかどこかで再会できる日を楽しみにしています」

「ええ、次はお互いに長生きして百年後くらいにでも会いましょう」

「そんなの待ちくたびれてしまいますよ」

佐久間の言葉に谷口は笑って言った。

「私は待つのはそんなに嫌いではないんですよ」

佐久間が「谷口さんはそういう人でしたね」と言い、ふっと笑って、それからバトンタッチするように常磐の肩をポンと叩く。

「谷口さん……」

そして涙を拭った常盤が、言葉を絞り出して言った。

「本当に、本当にありがとうございました。……谷口さんと出会えてよかったです。それに僕だけではなく、ここで案内人として谷口さんが待っていてくれたから、みんなが最後にハッピーエンドを迎えることができたんです。だからこそ僕は谷口さんから受け取ったバトンを決して落とさないように次に繋ぎます。……絶対にそうしますから。約束します」

「ありがとうございます。そう言ってもらえてよかった。……そして私も常盤さんと出会えて本当に良かったと思います。あなたがいたからこそ私は案内人の役目をこうして繋ぐことができました。もう心残りはありません」

「谷口さん……」

谷口は決心をした瞳で、常盤を見つめて言った。

「……最後の扉をお願いします、常盤さん」

「……はい！」

——常盤が、空に手を掲げる。

それから祝福の鐘のように指を鳴らした。

すると何もない乳白色の空間に、真っ白な扉が現れた。

さよならの向う側を訪れる誰もが最後にくぐる扉。

生まれ変わりを迎えるための、最後の扉だ――。

「……葉子、行こう」

「……ええ、健司さん」

谷口がエスコートするように葉子の手を取って、二人一緒に扉の前に立った。

それから谷口は、一人懐かしむかのように乳白色の空間を見回す。

そして誰にも聞こえないような声で呟いた――。

「……ありがとう、さよならの向う側」

その言葉に、ここで過ごした四十年間のすべての想いが込められていた気がした。

本当に色んなことがあった。

たくさんの人たちとの出会いがあった。

そして別れがあった。

人生があった。

溢れんばかりの思い出が、この場所にはあったのだ――。

大切な家族に会いに行った人がいた。

大事な恋人に会いに行った人がいた。

昔の懐かしい友人に会いに行った人がいた。
ふと出会った知人に会いに行った人がいた。
遠く離れた相手に会いに行った人がいた。
人ならざるものに会いに行った人がいた。

歌を残した人がいた。
絵を描いた人がいた。

笑った人がいた。
泣いた人がいた。

誰かの大切な人がいた——。

——ここは、さよならの向う側。
亡くなった人が訪れる、最後の場所——。

谷口が、最後の扉にゆっくりと手をかける。

それから光の射す方へと歩き出す前に、最後に振り返って笑って言った。

「それではみなさん、またいつかどこかで逢いましょう。ありがとう、さようなら――」

最後の扉が開くと、谷口と葉子の体が真っ白な光に包まれた――。


―終―

◎本書は書き下ろしです。

装画……………いとうあつき

装丁…………大岡喜直（next door design）

清水晴木（しみず・はるき）

千葉県出身。2011年、函館港イルミナシオン映画祭第15回シナリオ大賞で最終選考に残る。2015年、『海の見える花屋フルールの事件記　～秋山瑠璃は恋をしない～』（TO文庫）で長編小説デビュー。以来、千葉が舞台の小説を上梓し続ける。2021年６月に刊行した『さよならの向う側』（小社刊）は、翌年９月に読売テレビ・日本テレビ系で実写TVドラマ化され、第２弾の『さよならの向う側 － i love you －』も好評発売中。他の著書に『旅立ちの日に』（中央公論新社）、『分岐駅まほろし』（実業之日本社）、『風と共に咲きぬ』（角川文庫）等がある。

さよならの向《むこ》う側《がわ》

Time To Say Goodbye

２０２３年７月24日　初版発行

著者　清《し》水《みず》晴《はる》木《き》
発行人　子安喜美子
編集　佐藤　理
印刷所　株式会社広済堂ネクスト
発行　株式会社マイクロマガジン社
URL:https://micromagazine.co.jp/
〒１０４－００４１
東京都中央区新富１－３－７　ヨドコウビル
ＴＥＬ．０３－３２０６－１６４１　ＦＡＸ．０３－３５５１－１２０８（販売部）
ＴＥＬ．０３－３５５１－９５６３　ＦＡＸ．０３－３５５１－９５６５（編集部）

定価はカバーに印刷されています。

ISBN978-4-86716-432-7 C0093
乱丁、落丁本はお取り替えいたします。